큰기러기 필법

큰기러기 필법

지은이 · 윤금초
펴낸이 · 유재영
펴낸곳 · 동학사

1판 1쇄 · 2017년 5월 1일
출판등록 · 1987년 11월 27일 제10-149

주소 · 04083 서울 마포구 토정로53 (합정동)
전화 · 324-6130, 324-6131 | 팩스 · 324-6135
E-메일 | dhsbook@hanmail.net
홈페이지 | www.donghaksa.co.kr
www.green-home.co.kr

ISBN 978-89-7190-589-0 03810

※ 이 책은 서울문화재단 '2016년 문학창작집 발간지원사업'의 지원을 받아 발간되었습니다.

큰기러기 필법筆法

윤금초 시집

Poems by Youn Kum cho

동학사

■ 시인의 말

어느 작가의 말마따나 시는 세상을 썩지 않게 하는 최상의 방부제다. 시는 무통분만이 불가능한 예술이다.

설망어검舌芒於劍. 혀는 칼보다 날카로운 법인데 정제되지 않은 군말만 주워섬긴 게 아닌가, 적이 두렵기만 하다.

달빛 서정…. 형광등 불빛 아래 글쓰기 공작을 하고 있지만 결코 달빛 서정을 잊어서는 안 된다고 생각한다. 물이 배를 띄우지만, 때로는 물이 배를 뒤집기도 한다는 사실을 잊어서도 안 된다고 생각한다.

이미 나는 워커홀릭workaholic이 되어 있는 것일까?

글쎄. 그물에 걸리지 않는 바람처럼 간단없이, 정형시 거룻배를 저어가기를 희망하고 희망한다. 나는 아직도 진실이 세상을 바꿀 수 있다고 믿는 숙맥菽麥이 아닌가 싶다.

2017년— 今初詩魔齋에서

윤금초

윤금초 시집 | 차례 |

3

4

5

'곱게 늙은 절집' 기행 시편

01

봄, 뒷담화

봄도 봄답지 않은 봄날
때 아닌 꽃멀미 난다.

우르르 우르르 왔다 우르르 떠나는 그 봄.

잉 잉 잉
꿀벌 군단이
사가독서賜暇讀書 차린갑다.

해토머리 까치녀

생살 찢는 해토머리, 부푼 땅이 일떠선다.

맨발 벗은 명지바람 산울림 길들여 오고

찬 하늘 천둥소리에 잔설 털고 잠 깨는 산.

성마른 까치녀가 연두 분필 물고 와서 잠든 숲 뒤흔들고 풀물 칠할 낌새로다.

살포시
해토머리에
빗장 푸는
아침 내전內殿.

쥐뚱만한 현호색이

– 불명산 화암사

게으른 봄 햇살 몇 톨 도로 위에 졸고 있고
불명산 구부렁길 밭뙈기를 비켜서 간다.
화암사 절로 가는 길이 가난해서 제격이다.

속을 발랑 뒤집어 놓은 기녀妓女 사촌 얼레지 말고,
쥐똥만한 현호색玄胡索이 보면 볼수록 어엿하다.
그렇지, 서울의 꽃은 온갖 수다 방정인데….

시냇물 더불어 가네, 세속 찌꺼기 툴 툴 털고
하늘이 천장이고 천장이 하늘을 인 하늘천장 그 가람에
잘 늙은 절 한 채 문득, 산 주름 따라 물길 연다.

요사를 떨던 색은 세월 실어 날아가 버리고
남은 것은 색이 바랜 묵은 세월 묵은 빛이다.
삼백 년 바람 때 묻은 단청, 말로 다 어찌할까.

---

* 심인보『곱게 늙은 절집』 부분 패러디.

큰기러기 필법筆法

발묵 스릇 번져나는 해질 무렵 평사낙안

시계 밖을 가로지른 큰기러기 어린진이

빈 강에 제 몸피만큼 갈필 긋고 날아간다.

허공은 아무래도 줘수염 붓 관념산수다.

색 바랜 햇무리는 선염법을 기다리고

어머나! 눠 오목가슴 마냥 젖네, 농담으로.

곡필 아닌 직필로나 허허벌판 헤매 돌다

홀연 머문 자리에도 깃털 뽑아 먹물 적시고*

서늘한 붓끝 세운다, 죽지 펼친 저 골법骨法.

---

* 큰기러기는 공중을 날 때 사람인人자 모양 어린진을 친다. 대오 가운데 맨 우두머리가 항상 앞장서서 리더 역할을 한다. 큰기러기는 잠시 머물다 간 자리에도 깃털을 뽑아 떨어뜨려 두는 습성이 있다. 이른바 '유묵遺墨'처럼 제 다녀간 흔적을 남겨 두는 것이다.

쓰르라미의 시 2

목 놓아 울음 우는 무저갱 곡비哭婢인가.

공명실 다 죄어서, 허허바다 다 죄어서

새도록 불완전 소절로 목 놓아 울음 우는.

맵고 짠 눈물도 없이 단전 밑이 젖어 오고

도장밥 붉은 놀이, 천지 사방 붉은 놀이

산역의 초가을 날도 목 놓아 울음 우는.

십이지장 죄 녹이는 그 무슨 환장할 일로

목 놓아 울음 우는 곡비 같은 천형을 안고

쓰르람, 적멸 천리에 내가 나를 탄주한다.

산너울, 강너울 14

으악새 길 닿게 욱어 칼질하는 뚝방 너머

자고 이는 마파람결 물너울 되우 되작이고

벼린 칼 저 샛대 숲은, 그예 엉켜 울고 있다.

낮달 또는 수월관음도

#1.
옥판선지 속 빛 같은 문기文氣 어린 공중 거기
해거름 낮달 한 채 양각으로 돋아 있다.
허공은 무젖은 화첩, 숨결소리 들려온다.

#2.
이따금 비늘구름 미점산수米點山水 그려놓고
풋잠 깜박 들었다가 한껏 부푼 구름 일가一家
빛바랜 수월관음도가 저 달 위에 내걸린다.

#3.
목화구름 반쯤 비낀 하늘 가녘 벗겨나 내고
소리 먼저 길을 트는 금시조가 나는 건지,
때로는 십이파필十二破筆* 긋고 항적운이 번져간다.

---

* 동양화에서, 붓끝이 열두 갈래로 갈라지게 하여 그리는 필법.

#4.

앙감질 하다 말고 일몰 또한 멈칫거리는
만 리 밖 적막을 흩는 안항雁行의 그림자들
화첩 속 일흔 날 이생이 꿈결엔 듯 머흘다.

4·16 에피그램

#1

좁쌀처럼 티눈처럼 미생未生 같던 움도 싹도
꽃샘바람 잎샘추위 그만 하면 어지간하지.
숨탄것, 배젊은 것들 죄굴형에 가슴 쥔다.

#2

개명천지 난데없이 봄을 앗긴 어시* 가슴
무저갱 난바다 속 주검조차 못 거둔 대로
생목숨 물길에 묻고 참척의 발 구른다.

---

* '어버이'의 방언.

** 황풍년의 「진실만이 찬란한 새봄이다」 참고.

발기勃起 2

잠복했던 잎눈들이 하나 둘씩 발기합니다.

'내부수리' 물관부가 마중물을 퍼 올리고

잠든 땅 생살 벗기는 울력 소리 들렙니다.

난거지 든부자가 따로 없는 오방 난전. 고개 죄 빠지도록 벼락 맞을 꽃을 이고

하늘 밑 꺼지든 말든 쉿! 입 바람 불고 있습니다.

봄, 풍각쟁이

명지바람 느물거린다, 풍각쟁이 너름새로
튀각산자 부풀듯이 생흙 각질 들떠 오르고
논다니 수청이나 들까, 배꼽 홀랑 드러낸 꽃.

오가는 길손 불러 허기 스릇 꺼줄 건가?
까치다리 꼬고 앉은 미선나무 흐드러져
들병이 도방대처를 탑돌이 하는 봄날에.

천 길 허방 우물 속에 두레박줄 푸는 걸까.
겨우내 앙다문 입, 참다 참다 부리를 헐고
차고도 매운 성엣장, 싸목싸목 얼녹인다.

개오동 푸른 쉼표

천지 사방 해토머리 가려움증 도지고 있다.
얼부푼 산에 들에 살갗 켜로 들떠 오르고
개오동 물오른 애채, 푸른 쉼표 턱 찍는다.

겨우내 목마른 빈집 썰렁했던 물관부에
쿵당 쿵당 마치장단, 두레박질 한창이다.
이제 막 내 겨드랑이께 움이 서넛 돋아난다.

돋아난 푸른 쉼표 꽈리 머금은 입매같이
신산했던 이생 가녘, 달걀잎 느루 펼치고
참 숨찬 거친 붓질로 야청 하늘 개칠할까?

피아골 끝물 동백

#1

비루먹은 망아진가, 산은 여직 수척하고

지리산 텅 빈 골짝 붉은피톨 흩는 거기

피아골 바위너설에 뚝 뚝 듣는 핏물이다.

#2

인공人共 때 대창 찔린 외삼촌은 모로 눕고

지지 않는 문신처럼, 불에 더친 화인처럼

벼룻길 벼랑에 물린 아흐 몰라! 끝물 동백.

#3

할미새야, 할미새야, 외할머니 할미새야

앗긴 목숨 어린 양의 꽃잎 쪼는 할미새야.

날궂이 꿉꿉한 날에 상한 부리 거둬나 다오.

산너울, 강너울 49

초등학교 1년생 같은 장삼이사 매실·목련…

노란 손수건 가슴에 단 어린 묘목 느런히 서고

그 옛날 문인화사文人畵士들 산에 들에 붓끝 끊다.

복사꽃-해어화解語花

대명천지 이른 봄날 살 풀리고 어녹이친다.
간나희 앳된 볼기 하냥 그리 드러내놓고
오가는 길손 육허기나 꺼줄거나, 꺼줄거나.

켯속을 알 수 없는 여항閭巷 어느 길목 가녘
복사꽃 지분 냄새 살색 또한 홍동지 같아
알샅을 까발린 말벌, 겁간하는 몸짓이다.

가무린 사추리 사이 고개 든 복사꽃 보게.
젖은 꽃 입술에는 걸귀라도 척 앉았는지
고것 참! 꽃 이운 자리, 젖멍울이 만져지네.

뜬금없는 소리 36

요새처럼 째는 판에
말 이삭 줍는 걸까?

허우대 하난 말매미처럼 미끈하고 날렵해도 소갈머린 좁쌀 나방 다음 가는 위인이라, 위인이라, 겉만 두부모 같지 속은 순 도토리묵이구만. 구새 먹은 삭정이 부러지듯 싱겁기는. 물덤벙술덤벙 촐싹거리구 들랑대기는? 암만…. 집안 망하려면 구정물통 호박씨가 춤을 덩실 춘다지만 잘도 둘러대는군. 오나가나 갑갑헌 사람 캄캄헌 소리 작작 헌다구, 콩새 앉은 자리 촉새가 왜 나서는 거여. 고랑이나 이랑이나, 하여간이 여하간이여.

개살구 지레 터진다고
파리 위에 날파리 있지.

만재도*의 봄

보리 여물 때 홍합도 뽀작뽀작 여물제라.

아홉 무새 열 무새에 물이 많이 써. 그란 때 사릿발에 파도만 조용하문 홍합을 해. 물땐디 안 나가문 엉덩이가 근질근질하제. 빈창(빗창)으로 홍합 따고 헝서리(망사리)에 담고. 허리 펼 새 없이 쉼 없는 반복이제. 홍합은 물 많이 썬 디 독에 붙어 있어. 파도를 이김서 붙은 것이라 언능 쉽게 안 떨어져. 힘이 씨어. 힘을 왕창 써야 내 것으로 갖고 와. 파도가 데꼬 갈라고 해도 우리는 절대 안 따라가, 안 따라가…. 허리가 휘청하게 물빨이 쎄고 쎄제. 물빨이 쎈 만큼 씨알이 굵고 맛이 야무져. 근께 홍합 하기가 다 사납지라. 홍합 벌이는 언능 헌성 불러도 고생이어라. 물살이 달라 들고 형편 없제. 추와서도 못하고, 나이 묵은 사람은 하도 못해. 암만…. 깐딱하문 씻겨 내려가 죽제.

오늘도 길 없는 길 헤쳐 파도 속에 온몸 던져.

---

* 전남 진도군 혹산면에 있는 섬. 《전라도닷컴》 2015년 4월호 8~13쪽 참고.

02

산너울, 강너울 31

어머니 쌍봉 젖가슴 봉긋 솟은 경주 고분

젖내 도는 요람 속에 한 천 년 눕고 싶다.

그렇듯 적요를 베고 실카장이 눕고 싶다.

가족
– 소녀상* 브론즈

손꼽아 숱한 나날을 응달 가녘 배돌았니?

땅도 설고 물도 선 곳 현해탄玄海灘 굽이 건너

사추리 오므린 그대로 억지 살품 팔았었니?

풀고 또 풀어낼수록 찍찍한 붕대 같이

뼈마다 뼈끝 시린 천형의 쇠사슬 감고

앙가슴 벌집이 됐니? 깊은 상처 쓰라린 날.

귀 닳고 이지러진 누이야, 나의 누이야

호랑가시 차디찬 숲 헤쳐 나온 내 누이야!

눈자위 마른 눈물 자국 아침놀이 닦아 줄까.

---

* 주한 일본대사관 앞에 세워져 있는 '성노예 소녀상'.

명적鳴鏑 2

- 독수리를 쏘는 화살 손잡이는 독수리 깃털로 장식되어 있다(이솝).

두 눈에 별똥이 튄다. 타는 혀끝 파팍한 날
오욕칠정 수라의 강, 버캐 문 입이 헐리고
부르르
우는살 소리,
살짝 허걱! 곤두선다.

촉과 촉이 마주치다 알과녁 겨눈 독화살.
조조曹操의 불 먹인 화살, 조조 되레 쏜다던가.*
부르르
우는살 소리,
뉘 정곡을 겨냥할까?

비린 자반 칼산지옥, 결빙의 늪을 깨고
휘파람 적막을 가른 반구비 살촉이 난다.
부르르
우는살 소리,
무명 천리 어둠을 친다.

---

* 졸작 「속죄」 첫 수 초장 재사용.

푸른 분장사扮裝師

어느 화원畵員 풀물 적셔 개칠 또 개칠하나?

자르르 참기름 먹인 눈엽嫩葉마다 획을 긋고

분장사 날랜 손길이 앞섶 뒤섶 물들인다.

쉭, 장대높이뛰기

얼마나 더 버둥거려야 하늘 한 끝 닿을 건가?

나아갈 길 바이없고 물러설 길 아득한 거기

우야꼬! 뜬세상 이내 속에 네 활개 퍼덕인다.

얼마나 더 사무쳐야 꼭짓점을 찍을 건가?

발치 아랜 허방다리 오도 가도 못하는 거기

아뿔싸! 부샅에 요령 달고 장대 끝에 매달린다.

얼마나 더 천둥 쳐야 돈오돈수頓悟頓修 이를 건가?

들쭉날쭉 세상 물매 하마, 하마 되짚는 거기

고것 참! 가릉빈가*가 문득 서녘 손짓한다.

---

* 상상의 새. 히말라야 산에 사는데 인두조신人頭鳥身 형상을 하고, 미묘한 소리를 지른다고 한다.

생선 초밥

선덕여왕 치마 깃인가, 하늘대는 초밥 가닥.

지느러미 물결치는 물항라 치마 깃 같은, 입에 붙는 참다랑어 배밑살도 감칠맛 돌고

선덕의 젖가슴 살이 몽실하게 감긴다.

*「개끝 저녁 식사」 제목 고침.

톱니바퀴

톱니가 톱니끼리 극서정시 쓰나 보다.

맞물려 돌아가는 凹凸의 능놀던 한때

우리네 깍지 낀 이생도 극서정시 쓰나 보다.

지지배배, 지지배배

- 아는 것을 안다고 하고, 모르는 것을 모른다고 하는 것이 바로 아는 것이렷다
(지지위지지 부지위부지 시지야知之謂知之 不知謂不知 是知也).
〈『논어』 위정편〉

지지배배, 지지배배 봄 마중 입술소리
제비도 논어 몇 줄 혀끝으로 읽는갑다.
듣는 귀 저마다 다른, 목청 갈린 세월 간다.

꿀 흐르는 골짜기에 토종 꿀벌 씨 말랐니?
쓸모 잃은 숱한 벌통 이에 저에 나뒹굴고
죽살이 지구가 온통 요동치면 어쩔 거니?

---

* 남인희 · 남신희 「봄의 말씀」 참고.

다산 하피첩茶山 霞帔帖

#1. 홍 씨 부인

보고자퍼, 보고자퍼, 눈물 껵 껵 보고자퍼

첫날밤 피 묻은 치마, 노을빛 검붉은 치마, 십년 세월 간직해오다

강진 땅 외오 갇힌 당신

내 분신分身을 보냅니다.

#2. 정약용

보고지고, 보고지고, 뼈끝 껵 껵 보고지고

귀양살이 애옥살이, 하 세월 눈에 밟히는, 그대 분신 간직해오다

먹물로 꾹꾹 누른 혈서血書

낱낱 엮어 보냅니다.

꽃, 모반謀反의 7월

흘레붙듯
흘레붙듯
숨 겨운 이생
한때

솔기 닳은
생애의 즐문
소금쩍 일고 있다,

주사朱砂 빛
노을을 접는
추레한
꽃의
둔부.

불 먹은 듯
불 먹은 듯

각시투구꽃* 권속眷屬들이

알종아리 와락 걷고
가시버시 어깨 겯다

아, 울컥
미친
맹독猛毒의
날 선 칼을
겨눈다.

* 7~8월에 짙은 자주색 꽃을 피우는데 독을 품었음.

아픈 새끼손가락의 은유

어슬녘 그대 손에 스릇 손을 얹습니다.

화르르 들불처럼 놀빛 저리 타오를 즈음

골 깊은 요새要塞 허물고, 물미는 사랑의 관문關門.

깍지 낀 그 끝마디쯤 입김 불어 쓰다듬다

앵돌아지고 앵돌아진 배리背離의 손톱자국

새끼손 예굽은 지문, 아린 상처 못 지웁니다.

서울살렘*

바람이 마적 떼처럼 마른 골목 휘적거리네.

개숫물 수챗구멍에 해거름 쏟아지는 소리.

은유의 도시 한 켠이 폐렴을 앓고 있네.

입가에 버캐 칠한 시궁쥐 두어 마리

얼음물 팔한지옥八寒地獄 슬픔 속에 발 담그고

저만치 떠밀린 날빛 할喝, 할, 할, 타고 있네.

해 지고 다시 뜨는 청풍계천清風溪川** 금물결이

제 깜냥 눈뜬 불빛 강을 에워 밝힌 밤은

끌래도 꺼지지 않는, 물너울로 일렁이네.

---

* 평화. 즉 예루살렘(jeru · 도시+salem · 평화)은 평화의 도시를 상징하듯 「서울살렘」은 평화의 서울을 의미.

** 청계천의 다른 이름.

선조線條의 그물

– 이중섭 「닭과 게」

꽃의 둔부 파고든다, 잉잉대는 벌 떼처럼
치기 어린 아이들이 휘휘 저어 들어가듯
뭉툭한 붓끝에 끌린 색채의 그윽한 스밈.

어느 늦봄 무르익은 복숭아 가지 꺾어 물고
한쪽 다리 치켜드는 날개깃 푸른 수탉
흥겨워 어깨춤 추는 선조線條의 물결이라니….

쿠르디*야, 쿠르디야

찬 바닷물 켜고 있다, 모래 둔치 코를 묻고.
세 살배기 쿠르디가 자는 듯 엎어져 있다.
지중해 급물살 헤치다 배가 그만 허방 짚은 날.

연붉은 티셔츠에 새벽안개 피어난다.
곰 인형 그러안던, 퀭한 눈빛 그늘 쓰고
보드럼 휴양지 해변에 떠밀려온 난민으로.

사람 손 닮은 파도, 숨진 꼬마 들어올리고,
날개 돋은 쿠르디를 무동 태운 물고기들
거듭난 아기 사자使者가 죽은 바다 굽어본다.

---

* 세 살 먹은 시리아 난민 아일란 쿠르디. 2015년 9월 2일 새벽 6시 터키 남서부에 있는 휴양지 보드럼 해변에서 숨진 채 발견됐다. 이슬람 테러단체 IS의 위협을 피해 터키로 탈출한 뒤 지중해를 건너 그리스 코스 섬으로 가려다 배가 뒤집혀 끝내 싸늘한 주검으로 돌아온 것이다.

으악새 슬피 우는

가르마 타고 흐르는 미리내 강 꿈틀댄다.

무시로 자고 이는 마파람에 둠벙은 물너울 번쩍거리고, 그때마다 갈대 더불어 둠벙 에워싼 으악새 숲은 별빛에 칼을 뽑아 휘두르며 휘두르며 부둥켜 운다. 으악새 울음 꺼끔해지면 틈틈이 여치가 울고 곁들여 베짱이도 목청 달인다. 그새 철이 겨워 겨워 된서리 때릴 요량인지, 바짓가랑이로 오른 이슬이 달빛에 살아난 사금파리보다 차다. 풀떨기 등줄기 휘어 길이 난 논두렁 위로 싸게 내닫는 것들 얼핏 보아도 햇곡에 살이 올라 둥실해진 메추리, 아직 떠날 채비 굼뜬 뜸부기가 둠벙에 팔매 떨어지는 소리로 저수지 갈대숲에서 물안개 걷고 걷으며 푸덕거리고….

으악새 길 닿게 욱어 칼질하는 서슬에.

숲길 천 년

다디단 아침 숲 냄새… 귀 때리는 개울물 소리

날개 넷 나래회나무 성긴 열매 무르익어 까르륵 입 벌린다. 주홍빛 씨앗들이 진홍 껍질 양산 받쳐 들고 조롱조롱 널뛰기다. 솜씨 매서운 장인匠人인들 이리 화려한 귀걸이 빚을 수 있을 건가? 갈라진 회목 열매 잔손 세공 브로치다. 분홍 껍질 둘러싼 씨앗 주황 속살 끝 먹물 입은 듯, 차르르 윤기 도는 먹물 입은 듯 새카맣다. 괴불나무 열매서껀 체리보다 새빨갛게 불 밝힌다. 어라, 어라…. 손톱만한 산외 열매 그네 타듯, 그네 타듯 덩굴 끝에 대롱거린다.

상원사 선재善財 옛길이 적멸궁 펼치고 있다.

---

* 오태진 『사람향기 그리운 날엔』 참고.

03

비의 만돌린

느닷없는 작달비가
만돌린을
타고 있다.

뼈마디
꺽 꺽 마치는
여름 나절
젖은 탄주,

작달비
만돌린 뜯고
속사람
뼈울음 운다.

비려, 비려

비려, 비려, 당최 비려. 노는 품새 당최 비려.
산이라도 굴렸다 놓을 허풍선이 발서슴하며
희나리 피죽만 같은 들깨방정 눈꼴 시려.

나는 새도 주저앉힐 몽니 궂은 권세로다.
분답한 저자 길목 참마검斬馬劍*을 휘두르고,
휘두른 사나운 권세! 그 행짜가 영판 비려.

---

* 한칼에 말을 베어 쓰러뜨릴 정도로 예리한 칼. 중국 전한 시대의 명검.

날이 날마다 칼끝 벼린 난장 앞에 내가 선다,

꼬리에 불 달린 듯, 무간 지옥 어름엔 듯.

젠장 할, 마른 뼈 핥는 마칼바람 무장 비려.

가을 담화談話 2

물색없는 드팀전을 지난 한철 서성이다

한 질

잘

마름질한

가을 경전

읽고 있나?

마지막 낙장落張을 훑는

육탈의

숨 가쁜

고비.

제3악장 3

– 질경이詩

무릎 꿇듯, 댓돌 아래 다문다문 무릎 꿇듯

대물려 지고나 졌니? 무슨 그 대역죄를!

그러게, 짓밟고 뭉갤수록 피멍 이냥 삭이면서.

쑥물 빛 혈서를 쓴다, 땅거미 진 하늘가에

이름 모를 옛 사인士人의 터 닦이가 저러할까?

필생의 소리 한 번 못 내고 부서지는 종의 울음*.

---

* 송재학 시 「사막에 숨는다면」 인용.

돌확

제 깜냥 품은 만큼 하늘 자락 펼쳐 놓고

오래된 질문처럼 마당귀에 앉아있다.

어느 날 폐문이 되어버린

누이 자궁,

늙은 돌확.

헛배 부른 반쪽 낮달 비뚜로 띄워 놓고

오글오글 세월처럼 쥐며느리* 앉아있다.

맙소사,

---

* 유강희 시 「돌확」 재구성.

그 예도옛날

구지가龜旨歌를 풀어내며.

유 에프 시UFC*

#1
명치끝을 파고든다, 하늘 가른 돌주먹이

선불 맞은 검투사가 날쌘돌이 패대기치다

휘도는 공중제비 발차기

하늘 한쪽 흐너진다.

#2
쇠그물 친 저 옥타곤 팔각 링이 난장이라,

체머리 흔들어대는 죽자 사자 격투기라,

피칠갑 받은 숨 고르는

초열지옥 격투기라.

---

* 종합격투기(Ultimate Fighting Championship).

#3

옥죄고 메치고 글쎄, 이판사판 거품 물고

우리 겨운 한살이는 엎·뒤치락 맞짱뜨기

거꾸로 곤두박이다

쿵! 되우 서는 반전反轉이다.

하늘색 무요일無曜日

사금파리 물린 햇살

무자맥질 한창이다.

산은 글쎄 뵈지 않는 울림통을 걸어 놓고

숲 속에,
저 바람 속에
타악기를 연주한다.

키가 훌쩍 커 보이는 갈 하늘 비백飛白* 기러기

칼 빛으로, 능금 빛으로

번뜩이는 시계視界 너머

---

* 한자 서체書體의 하나. 예서·전서를 섞어서 중국 채옹이 만들었다고 한다.

깡마른

시대의 잔등

쌈박하게 훑는 바람.

복면가왕覆面歌王* 1

#1

거센 물살 박차 오른 연어뜀을 예서 볼까?

퍼덕이는 청량 창법唱法, 심장 와락 소름 돋고

팔색조 폭 넓은 음역音域에 아으! 그만 울 뻔 했네.

#2

조였다가 풀었다가 한바다도 집어삼킬 듯

칼끝 벼린 청량 창법, 귀청 떼는 심장 폭행…

가슴 뻥 뚫리는 절규에 명치 호흡 숨이 겹네.

* MBC Drama 미스터리 음악 쇼 프로그램

으능낡 잎새 하나

#1
으능낡 잎새 하나 이녁 만장 띄워 두고
곡기 물린 절명시인 황현*이나 되는 드키
몸서리, 몸서리친다. 밥줄 놓기 버거운가?

#2
이제 세상 접으려고 곡차만 드는 한 스님
이우는 석양 붙잡다, 좌탈입망坐脫立亡 도모하다
몸서리, 몸서리친다. 만행 길 이리 버거운가?

* 『매천야록』을 남긴 황현은 1910년 나라 잃은 울분을 끝내 이기지 못해 술에 탄 아편을 마시고 "가만히 죽어 가면 참으로 통쾌하리니…"라며 절명시를 남기고 스스로 죽음을 도모하다가 "죽기가 그리 어려운 건가. 내가 왜 이리 어리석은가" 되뇌고 있었다.

가을 으악새

아문 상처 다독일 쯤
야청 하늘 별이 뜨고

억새는 또 억새끼리
어깨 겯고 꽃이 될까.

으악새 손사래 치다
첨벙 해를 껴안는다.

소슬바람 장단 따라
하얀 음표 나부끼고

억새는 또 억새끼리
하늘공원 주인 될까.

으악새 손사래 치다
저녁놀을 베어 문다.

아뿔싸!

눈도 코도 뜰 새 없이 몰아치는 쿠데타다.

무가내 서울 점령한 게릴라 같은 눈보라,

발 동동 해토머리에 넉장거리 아찔하다.

임진강 미리내

1

하늘색 일요일 한낮
강심江心 온통 별밭이다.

물결 위에 띠를 두른, 반짝이는 은하수가

때로는
뉘 관자놀이에
생금 가루 흩뿌린다.

2

끓는 강물 한 자락에
옥판선지 펼쳐 놓고

꾹꾹 눌러 먹물 찍는 자유비행 물새 떼야,

언제니?
민통선 하늘
갈필渴筆 그리 휘두를 날은.

금낭화 판타지아

#1.
봄날 어느 꿈결 같은 곤연鯤淵 연못 큰 돌 밑에
금빛 개구리 형용을 한 어린 금와金蛙* 나타났지.
금낭화 흐드러진 거기, 꽃을 입고 납시었지.

#2.
어깨 겯고 납신 뒤엔 가시버시 어우러져
이따금씩 살보시로 사추리께 걷는 건지
보게나, 뚝 뚝 흐르는 꿀물 칠갑 보게나.

#3.
뚝 뚝 흐르는 젖샘인가, 꽃부리 내어 밀고
육허기진 남정네의 살품 그리 들인 듯이
천지에 드러낸 음순! 환한 적막 눈이 멀다.

* 『삼국유사』에 등장하는 인물. 동부여를 개국한 해부루왕은 바위 밑에서 주워온 금 빛깔의 살갗에 개구리 닮은 금와를 데려다 기른 다음 태자로 삼았다.

해인사 동편제

가도 가는 바 없고 먹어도 먹은 바 없데.
빈 채로 가득 차 있고 채운 채로 비어 있는,
지었다 도로 허무는 저 지상의 청동 가람.

송광사 염불 소리 착 갈앉은 서편제요,
해인사 염불 소리 괄괄 넘치는 동편제데.
때로는 삼마제三摩堤 젓는 두리 둥둥 북소리데.

절은 차츰 산을 닮고, 스님 절로 절을 닮고
발 익은 해인사의 대적광전大寂光殿 들어설 제
귀가 뻥! 홀연 깨치는 동편제가 울려오데.

대문 없는 집

뭐덜라고 내 집구석 쇠때 따고 들어가나?

돈 많이 벌어 차두차두 쟁애놓고 살문 뭐혀. 맛난 음석 허고도 냄새만 풀풀 핑기고 문 꽉꽉 때래 잠그고 이녁 식구만 오무려 앙거서 묵고…. 우리는 그리 못 살아. 맛난 것을 항꾼에 묵는 것이 '양심'이라 했제. 대문 없이도 곤한 잠에 들 수 있는 무장해제 살림살이여. 숭년 들던 해였어. 보릿고개 못 넘기고 딱 한 번 도둑님이 댕개갔어. 곳간에서 보쌀 한 차두 내갖고 갔어. 어매라믄 이고 가고 아배라믄 지고 갔것제. 인자 그놈으로 다만 몇 끄니라도 안 굶고 묵었것제. 나놔 묵은 폭 댔어. 암만…. 내 식구 남 식구 가리지 않고 내남없이 사는 사람이라야 대문 없는 집에 살 수 있제. 여그는 유제 간에 툭 터놓고 돌아댕김서 살아. 만고에 훔쳐갈 뭣도 없어. 이냥저냥 사는 것이제.

문단속 허나 마나제, 품 너르게 살아야제.

---

* 《전라도닷컴》 2015년 6월호 참고.

천궁天宮*

추녀 끝 무너져 내려 역병疫病 실은 도수장
어섯눈 반나마 뜨고 푸주질에 동이 튼다,
돝고기 한 칼 떼어 무는 봉두난발 울 아부지.

돌확에 뜬 유월 구름 갈필 따라 떠나간다.

소리라도 꽉 지르면 깨져버릴 투명 하늘. 주검 같은 침묵 흐르고 소가 지레 똥을 지린다. 중생대 그 거대한 파충류 뼈대인가, 주검 같은 침묵 흐른다, 으스스 소름 끼친다. 멀리 허공 날숨 쉬다 우뚝 선 농삿소가 뱃구레 터뜨릴 듯, 뱃구레 다 터뜨릴 듯 울부짖는다. 길마 위 밀삐 끈에 꽁꽁 묶인 낫달 마저 잘라내고, 휘어 번쩍 쇠도끼를 뒷등에 숨긴 아부지 울 아부지, 농삿소 옆댕이 빙빙 돌고 있는 울 아부지. 통방울 쇠눈처럼 두 눈이 이글거리는 한순간 생목숨 정수리에 도끼날 내리꽂는다. 무너져 내린 추녀 그림자—허옇게 드러난 머리뼈의 깊은 상처 핥으며, 핥으며 먹빛 그림자 번져간다. 파르르 네 다리 떨다 말고 긴 꼬리 중봉中鋒**이나

---

* 도살장

** 서예 용어. 붓의 털 부분을 가지런히 하고 붓끝 위치를 중간쯤 가게 운필하는 방법을 중봉법이라고 한다.

느닷없이 꺾이드키, 긴 꼬리 붓의 중봉 허허 그리 꺾이드키,
통나무 그러안고 참숯 재로 거꾸러진 소. 무명 옷깃 인두화
자국, 주검의 핏자국 여기저기 칠갑하고
　동구 밖 까마귀 두 마리, 깍 깍 딸꾹질 해댄다.

　살도 뼈도 발라내고 각을 뜨는 날랜 손질
　무자리 천출 백정은 그예 칼을 벼린다지.
　쇠고기 한 칼 떼어 파는 봉두난발 울 아부지.

04

도봉산 산지기

곰솔나무 푸른 바늘 이슬이나 꿰는 걸까.

새경 한 푼 받지 못한 선돌바위 산지기가

밤새껏 반쯤 문드러진 달빛 하냥 줍고 있네.

달빛 산책

아닌 밤중 대밭에서 귀청 때리는 총소리다.

폭설을 인 청교도가 거푸 펑 펑 순절하고

새도록 사각대는 댓잎, 달빛 산책 머흘다.

우지끈
솔가지 꺾는
한밤 내내 죽비 소리

포갬 쌓인
눈꽃 무게
티끌세상 무게였나?

생나무
눈 부릅뜨고
어둑 세상 채질한다.

어떤 활인검活人劍

장자莊子의 헛헛한 포정庖丁, 쇠골 촘촘 발라낸다,
칼을 움켜쥐기 전엔 피 한 방울 비치지 않고
검질긴 활인검으로 목판木版 이랑 갈고 판다.

눈 뜰 겨를 그 찰나에 오방 난장 펼쳐진다.
한나절 내내 파낸 나무밥 빛의 오로라
이 세상 어디도 없는 사라수나 보리수로.

눈칫술 탐낸 세월 연장바랑에 접어 두고
온몸 섬뜩! 번득이는 벼린 칼끝 굴곡 너머
칼잡이 풍찬노숙도 하, 바람결에 묻어온다.

---

* 한송주 「목판화가 강행복」 참고.

강바람 속절없이

누가 이리 풀어 놓았나, 빗살무늬 물이랑을
강의 한낮 들머리쯤 물뱀 저리 휘저어 가고
더러는 이승 한철이 얼비치어 오는 걸까.

실눈 안 뜨곤 뵈지 않는
타는 듯 이글대는 물녘
둑길 기스락 강바람도 속절없이 모지라지고
이·저리 저러했을까,
물에 뜬 물처럼 그랬을까.

제 깜냥 펼친 만큼 깊어만 가는 산 그리메
이제 그만 메고 온 질빵 풀어내고, 풀어내고…
발아래 물굽이 시간도 비늘 세워 오는 걸까.

검은등뻐꾸기 세상 끝을 울리네

– 달마산 미황사

이젠 대팻밥 같은 구름 몇 장 남아있다.
바람은 능숙한 목수, 구름 허리 대패질하고
경쇠도 잠재운 노을 대웅전을 금칠하네.

돌아가라, 돌아가라, 울부짖는 동박새야.
동백 숲 으늑한 길 부도밭에 접어들자
거북이, 물고기, 게가 서방정토 밀고 가네.

세월밥 천 년 먹으면 땅끝 바다 귀 여는지.
홀딱 벗고 홀딱 벗고, 빡빡 깎고 빡빡 깎고,
무심한 검은등뻐꾸기 세상 끝을 울리네.

미황사 어스름은 눈이 시린 푸른빛이다.
올려 보나 내려 보나 눈물 묻은 푸른 이내
파도에 발목 적시는 봄은 다시 돌아오고.

---

* 심인보『곱게 늙은 절집』부분 패러디.

불의 혀

시위 풀린 활등인가, 온몸 절로 휘어진다.
부르르 부르르 떨다 비명 한 번 못 지르고
써늘한 칼날 벼리다 코앞에서 춤을 춘다.

하늘 쓰고 도리질해도 서릿발 가르는 바람
모진 닦달 초열지옥, 주리압슬 단근질에
활 활 단 불의 오라로 얼혼을 다 빼놓는다.

보길도 문진文鎭

바다는 홀로 겨워 깻돌*악기 연주합니다.
보길도 예송리 앞개 잘디잔 갯돌들이 어깨 겯고 달려 나와
차르르 쏴아 차르르… 저들끼리 자지러집니다.

물에 대낀 둥글 납작 먹돌 한 쌍 모셔 와서
해조음 밀려오는, 머리맡에 선지宣紙 괴고 먹물 풀어 적신 날은
차르르 쏴아 차르르… 중모리로 자지러집니다.

---

* 보길도 예송리 마을 사람들은 갯돌을 '깻돌' 이라고 그런다.

동이東夷의 아침

두만강 상류 겨울 얼음처럼 투명하다.
성엣장 갈피마다 떠다니는 예도옛적
갑골문 긴긴 잠 털고 수면 위로 떠오른다.

딱딱한 거북 등이나 들짐승 어깨뼈거나
청동 칼로 아로새긴 금빛 필획 꿈틀한다.
바람도 훨훨 날개 턴다, 표의문자 날린다.

허난河南 성 후미진 골 묵정밭 쑥 덤불 아래
이에 저에 나뒹구는 즈믄 해 뼈 조각마다
원시 그 실록을 물고 흙 속에서 눈을 뜬다.

돌로 돌을 마른 칼맛, 암각화도 아닌 것이
구부러진 실 선 끝에 시간이 매달리고 골안개 묻어있는
상형문자 물결친다.
청동기 코뿔소 하나 화살촉에 쓰러진 날.

산 그리메 길게 누운 해거름께 산비알에
쌍무지개 지른 하늘, 강물 삼킨 동녘 하늘
커다란 '불의 별' 너머 동이의 북 숨 고른다.

환幻 3

웅크린, 수의를 걸친, 한길가 눈구덩이
얼어 숨진 행려병자 무릎처럼 굳어 있고
쩌르렁 결빙의 강이 알몸으로 신음한다.

드억샌 이를 드러낸 바람이 회초리 들고
쾅당 쾅당 철대문을 대지른다, 뒤흔든다,
어스름 천리 너머로 도시 한 켠 실신한다.

땅끝 바다

이슥토록 속 끓이는 암사자 게 사는 건지,
사자봉獅子峰* 먼발치에 물 갈기 세운 바다
따악 딱! 뙈기를 치다 가막돌을 게워낸다.

게워내는 먹돌마다 제 풀에 거품을 물고
대끼고 부대끼는 대명천지 땅끝 어름에
한 목청 검은등뻐꾸기 세상 끝을 울리네**.

또 다시 뙈기*** 치고 흘레붙듯 달려와서
땅끝 바다 귀를 열고, 땅끝 바다 눈을 뜨고
우 우 우 개울음소리**** 천리 적막 깨우네.

---

* 전남 해남 땅끝 마을 뒷산. 땅끝 전망대가 서있다.

** 졸작 「달마산 미황사」 셋째 수 종장 재사용.

*** 표준말은 태. 농작물에 해를 끼치는 새를 쫓는 제구. 짚이나 삼, 실 같은 것으로 머리는 굵고 꼬리는 가늘고 부드럽게 꼬았음. 머리를 잡고 꼬리를 휘두르다가 거꾸로 잡아채면 '딱' 소리가 남으로 새를 쫓음.

**** 바다가 우는 소리.

이쯤에서 내려놓을까, 헌 살을 죄다 버리고
부질없는 세속 시름 훨훨 그리 날리는 날
수억 년 그랬다는 듯 산울림만 쩡쩡 울린다.

속죄贖罪

조조曹操의 불 먹인 화살, 조조 되레 쏜다던가.
서릿발 가르는 바람 옆구리 버히어 오고
싸늘한 칼끝이 젠장, 명치 앞에 춤을 춘다.

주리압슬 단근질에 모진 닭달 앙버틴다.
멍석말이 난장질로 칼산지옥 떨어진 찰나
된급살 홀로 치르고 식은방귀 뀌는 걸까.

잔나비 날장구 치듯 하늘 쓰고 도리질한다.
비린 자반 뒤집는 날, 배 밖에 간이 붙은 날,
조조의 불 먹인 화살, 끝내 주살誅殺 못 막으리.

겨울 개울물

이제 더는 맵짠 바람 하 견디기 버거워서
눈꽃송이 숭어리째 뚝 뚝 꺾여 떨어지고
떨어져 반짝이는 꽃, 종소리 맑은 울음이라니.

살얼음 밑 개울물은 나직나직 종알거리고
서산 너머 잰걸음 치는 저어새 저 날갯짓
해 설핏 종알거리는, 개울물 내 입술이라니.

유리 문진文鎭

보면 볼수록 으늑한,

적요보다 깊으나 깊은,

오래된
수정거울인가?

투명 하늘

일렁인다.

눈 깜박
아승기겁도

발아래 뉘어 놓고.

어떤 갠 날

수척한 겨울 산자락 각질 절로 들떠 오른다.
들명날명 봄빛 물고 헹가래 치는 저 물너울
보게나.
야청 하늘이
리트머스 시험지다.

고요도 고요로이 샛강 둔치 내려앉는다.
놀멍쉬멍* 풀빛 물고 자맥질하는 이생 한때
보게나.
놀 비낀 서녘이
크레파스 구만리다.

* '놀며 쉬며' 의 제주도 말.

흙신

묵고 살 건더기 없응께 내 몸땡이 달칠 도리배끼….

시방 시상 돌라 묵을라는 사람도 둘려 묵을라는 사람도 너무 많애. 벼슬한다 하는 작자들 거개 다 도둑놈 뺨쳐 묵제. 나는 둘려 묵고 살 궁리 할라 해도 나 같은 놈한티 둘릴 사람 시상 천지에 없어. 암만…. 내 몸뚱이로 일해서 묵고 사는 거이 젤로 편해. 나 이날 평생 멍텅구리로 살아. 이 시상 사람 다 나보다 똑똑허지. 똑똑헌 사람 못 이기고 배운 사람 못 이겨. 징그라, 어매 징그라, 배운 사람 징그라…. 저번에 내가 병원 간다근께 영감이 돈 천 원 줌서 냉겨 오라그네, 냉겨 오라고. 얼매나 부애가 나서 오죽하문 내가 돈 천 원을 짜악짝 찢어서 포르르 날려 불었것어. 후우우 불어 분께 풀풀 날라가불대, 금매.

죽어야 일도 그치 것제. 촌 어매들 다 그려.

자식들 알간? 모르제. 돈 한 닢 벌라고 이리 일해.

부모는 뉘 부모든 다 자석 위해서 고생길 가. 진디고 마른디고, 물이고 불이고 자석 위한다문 어디든 다 들어가. 자식들은 이 속 모르제. 알문 못써. 가심 아퍼라고 헌께 안 되야. 모르는 것이 약이제. 이녁 벌고 이녁 쓸 궁리만 허는 시상에서 아주 보물처럼 지니고 있는 거이 측은지심이제. 그러게. 내 말이… 요새는 모든 거이 흔허디 흔헌디 인정이 가물어, 인정이 가물다니께. 동동걸음 살아온 가파른 삶에서도 이 시상 흙같이 깨끗한 것은 없제. 질척거리며 달라붙는 흙더버기 털어내고, 털어내고 나를 지탱해온 흙신….

이 나라 봄 키우는 거이 흙신이제, 흙신이제.

* 남인희 · 남신희 「헌 신, 또는 헌신獻身」 패러디.

환幻-물매화

밤도와 월성 성벽 훨훨 나는 그 비형랑鼻荊郞*
구중궁궐 빠져 나와 도채비 떼 불러 놓고
물매화 애운한 꽃길 이슥토록 노닐었지.

노닐다 심심파적 도채비 떼 하룻밤 부려
신원사神元寺 북쪽 개천 돌다리 다 놓았지.
물매화 꽃잎이 둥 둥, 귀신다리神橋 이룩했지.

신원사 귀신다리 이제 그만 허물어지고
칠일 밤 칠일 낮 내내 농밀하게 사통한 자리
물매화, 그예 그렇게 두 손 모아 비손했지.

---

* 『삼국유사』에 기록된 인물. 신라 25대 임금 진지왕眞智王의 죽은 넋과 도화랑桃花娘이 사통하여 낳은 아들이다.

05

'곱게 늙은 절집' 기행 시편 1

꽃받침 걸터앉아

– 팔공산 은해사 운부암

운부난야* 툇마루가 기름 먹은 도량이다.
반질반질 윤이 돋도록, 윤 돋도록 닦았을까.
선방 앞 흰 고무신도 묵언수행 중이신지?

구름에 걸터앉은 운부암 절집이라니!
연못엔 잘 생긴 소나무 내려와 뒷짐 지고, 하늘색 일요일도 놀러와 쉬고 있다. 물고기 자맥질에 구름도 따라 일렁이다 선승 발걸음 소리 물이랑 지워 버린다. 연못에 하얀 구름 한 자락 마실 나와 앉았다가, 피는 연꽃 오롯이 안는 꽃받침 되었다가, 산 너머 들려오는 탁발 소리에 날아가 버린다.
바보야. 구름인들 절인들 그게 무슨 대수인가.

* 운부암에 있는 선원.

'곱게 늙은 절집' 기행 시편 2

슬픔을 묻고 가는

- 지리산 화엄사 구층암

새벽안개 쓸어내는 스님 그 싸리비 소리

산수유 노란 물색 시름시름 시름거릴 무렵 빨갛게 달아올라 원통전 안마당을 몸살 나게 불태우는 우바새 홍매거사. 부는 바람 꽃잎 날리는 심심한 그런 날엔 이우는 꽃잎만 입술에 달라붙고 옆집 각황전도 덩달아 붉게 달아오르고, 곧은가 하면 휘어 있고 휘었나 하면 곧게 내린 처마선. 치맛자락 같은, 산자락 같은, 화엄사 천불보전 용마루며 처마선 바라다보면 구층암 길 쓸고 있는 대나무 그림자 발에 묻히고 나서 있는 듯 없는 듯 나타난다. 피아골 파르티잔이 하나 둘씩 훔쳐 품속에 품고 갔던 천불천탑도 어느새 슬픔의 재를 묻고,

산 것도 죽은 것도 아닌, 물소리 대숲 흔들고….

'곱게 늙은 절집' 기행 시편 3

천 년을 곰삭아서

– 천등산 봉정사

봉정사 찾는 길을 실개천이 따라나선다.

손재주 좋은 동네 아저씨 이정스런 솜씨처럼 단청은 담박 고요하고 하늘로 날짐승 날린 운판 소리, 땅으로 길짐승 모는 법고 소리, 물속으로 물짐승 울린 목어 소리, 땅속으로 미물 치는 범종 소리. 부릅떠 봐도 보지 못하는 동태눈 탓을 할까. 비좁게만 보이던 앞마당이 툭 하고 산문 열고 우화루 기둥 사이 천 년을 곰삭아서, 천 년토록 곰삭아서, 끝도 시작도 없는 풍경이 운무처럼 흘러 들어온다.

한 손에 경쇠를 쥐고 옴 마니 반메 훔*….

* 천수경에 나오는 주문. 처음부터 끝까지 마음의 구슬로 연꽃을 피운다는 의미. 연화수 보살이 극락왕생을 기원할 때 부르는 주문이다.

'곱게 늙은 절집' 기행 시편 4

바람난간 기대어

– 봉황산 부석사

소백小白의 끝물 단풍 굽이져 일렁이고
오르다 보면 어느새 무량수전 앞뜰이다.
무량수 겹겹 구름에 이생 시름 접어 둘까?

털고 털어도 털지 못한 세간의 응어리들
돌덩이 같은 허욕일랑 허욕일랑 내려놓고, 바람난간 의지하자 무한강산 발아래 다투어 달리고, 눈을 들어 하늘을 우러르자 넓고 너른 건곤이 가슴 속으로 거두어 들어오니* 아등바등 붙잡고 있던 허깨비 세상 손도 없고 중도 없다. 헛헛한 세속 이내 날려 보내는 산의 바다, 산의 바다 삼각파도. 부석사 구르는 돌멩이 풀 바람 주름진 시간도 이제 구품왕생九品往生 머흔 길 접어들고
기대 울 배흘림기둥에 무얼 풀어 걸어둘까?

---

* 부석사 안양루 중수기에 씌어 있는 글귀.

'곱게 늙은 절집' 기행 시편 5

서늘한 날맛이 도는

– 상왕산 개심사

있으면 있는 대로, 없으면 없는 그대로
누워 있으면 돌이고 곧추세우면 일주문이다.
굽으면 굽은 그대로 기둥 삼고 들보 삼지.

명부전 앞마당에 막돌 쌓아올린 저 돌집
절집인가, 꽃집인가, 닿는 눈길 꽃사태다.
눈앞이 아뜩하여라! 꽃무덤 속 돌무덤이라니!

온종일 살바람이 들명날명 바장여도
비늘 하나 털어낼까, 궁리 않는 저 해탈문
서늘한 날맛이 돈다, 덜 기름진 개심사는.

'곱게 늙은 절집' 기행 시편 6

파리야 극락 가자

– 조계산 선암사

비었다찼다비었다찼다, 절 한 채 지나면 또 절이다.

선암사엔 왜 가는가. 육백 년 묵은 매화처사 봄바람 날리러 가지, 손재주 부려먹는 사람 승선교 보러 가지, 잡을손 뜬 세상살이 속 거북한 사람 해우소 들르러 가지…. 멍들고 결린 데는 개똥, 머리털 숭숭 빠지는 데는 숫염소똥, 열병 황달에는 돼지똥, 눈 다래끼에는 제비똥, 배탈 설사에는 당나귀똥, 부종 곽란에는 소똥, 치질에는 토끼똥, 진통제는 박쥐똥, 신경통에는 묵은 인분이 특효약이지. 어서 와 속 풀어라. 꽃이나 똥이나 미추불이美醜不二 아니던가. 예나 제나 똥구멍만큼도 못한 입 구멍이 판치는 세상, 눈꼴 시려 주련 달지 않았는가. 선암사 뒷간 가서 눈물 콧물 다 쏟아내고, 꼬인 속 매듭 풀고 파리야 극락 가자.

그러게. 절도 사람도 풍경일 뿐인 것을.

'곱게 늙은 절집' 기행 시편 7

파랑새, 탱화 그리다

– 월출산 무위사

돌길 짧은 돌계단을 잠언의 발길로 내딛는다.
떠난 줄 알았던 가을이 여기 모여 앉아 논다.
덜고 또 훌훌 털어내면 무위 극락 다다를까.

낡고 낡아 황량함도, 비좁아 옹색찮은 절집
가끔 늙은 팽나무도 은행나무 늙은 그리메도
낙낙한 묵언 수행의 안마당을 쓸고 간다.

무위사 극락보전 눈동자 없는 관음보살

먹지도 자지도 않고 창살문 걸어 잠근 환쟁이 늙은 스님, 아미타 후불 벽화에 주야장천 매달리던 떠돌이 그 환쟁이 스님. 세상에, 노승은 간 데 없고 입에 붓을 물고 탱화 그리던 파랑새 한 마리. 지금 막 극락보전 관음보살 눈을 그리려다 그리려다 인기척에 퍼뜩 놀라 어디론가 날아가 버렸지, 어디론가 훨훨 날아가 버렸지.

무위사 관음보살은 여직도 당달봉사라나?

'곱게 늙은 절집' 기행 시편 8

빈 손바닥 산사

– 무릉산 장춘사

옆집 형님뻘 되는 작대산이 눈인사하는,
느티나무 숲길 사이 봄날처럼 숨은 절문
옛 가야 깊은 산골에 없는 듯 앉은 적요라니.

거꾸로 물이 흐르는, 역모逆謀 아닌 역류逆流의 땅
빈 손바닥 작은 산사에 햇살 다투어 똬리 틀고
바람이 머리 쓰다듬는 염주괴불주머니 저 꽃!

'곱게 늙은 절집' 기행 시편 9

돌구멍 절집

– 팔공산 은해사 중암암

막막한 가슴 가슴이 돌구멍 아니던가?
천 길 벼랑, 벼랑 끝에 매달린 돌구멍 절집
만 시름 털고 털어내는 목탁 속에 숨어있네.

넘다, 넘다 힘 부치면 너럭바위 무릎 베고
캄캄하고 캄캄한 속 우리 가슴 돌구멍 절집. 밥이 곧 똥무더기인데, 버리고 비우라 했는데…. 중암암 해우소는 어찌나 깊고 깊은지 정월 초하룻날 뒤를 보면 섣달그믐께나 떨어지는 소리 들리는 게라.
갸웃이 기우는 해가 허리춤을 슬몃 푸네.

'곱게 늙은 절집' 기행 시편 10

그대는 똥, 나는 물고기

– 운제산 오어사

물에 빠진 저 건너편 산마루를 건져도 보고
물에 풀린 구름 한 자락 휘젓다 다시 본다.
호수에 두둥실 뜬 섬, 산사山寺가 바로 여기 있네.

감추거나 가릴 것 없는, 그림 위 그림 같은 사원
대웅전 꽃창살이 아직도 꽃을 피워 물고 있네.
칠성각 앞발치 겹벚꽃은 홀로 겨워 호사 떨고.

그대 것은 똥이요, 내 것은 물고기일세.

원효와 혜공스님 개울가에 노닐다가 물고기 잡아 보시하고, 곡차 한잔 곁들이고 마주 보고 낄낄거리며 용변을 봤다는데, 봤다는데…. 똥 덩이 가운데 한 화상이 물고기로 둔갑, 유유하게 물길 헤엄쳐 갔다는데 두 스님 물고기를 두고 서로 자기가 싼 똥이라고, 제여곰 자기 똥이 신통방통 환생한 물고기라고 소리 소리쳤다는데….

오어사吾魚寺 편액 글씨가 물속을 헤엄쳐 가네.

목어木魚는 울퉁불퉁 세월을 묵어 가죽만 남고

물 버린 지 오래 오래 반짝이던 금비늘도 어느새 벗어버리고, 떠나온 곳 그리워 하 그리워서 눈가엔 슬픔이 그렁그렁. 내장 다 드러내어 비틀릴 속도 쓰라릴 가슴도 없이 가죽만 남았는데, 딱 딱 딱 예불 시간마다 목탁소리 따라 헤엄쳐가는 목어. 어디로 가는 걸까? 법고가 울고, 운판이 울고, 목어가 울고….

초록색 호수 거울에 범천梵天 대천大天 얼비치네.

'곱게 늙은 절집' 기행 시편 11

애고, 애고, 도솔천아

– 봉수산 봉곡사

느긋하게 굽어 있다, 소낭구 닮은 길이
동짓날 동치미를 소담하게 담아놓은 듯
낡삭은 개다리소반 절집 한 채 품에 안고.

늙을수록 품品이 나는 소나무밭 도솔천아.

굵은 놈은 대들보로, 휜 가지는 서까래로, 관솔 가지 불지펴서 죽 끓이고 추위 잊고, 보릿고개 마주하면 용 비늘 껍질까지 훌훌 벗어주고 흉년 가뭄 구황식품 송기죽에 송기떡이다. 결이 곱고 쭉쭉 뻗은 살 거죽 붉은 금강송, 풍진 세상 험한 꼴을 더는 겪지 마시라는 늘 푸른 바늘잎 춘양목이며, 할머니 아픈 무릎 동으로 뻗은 뿌리 삶아 먹고, 어린아이 콜록이면 솔잎 달여 먹이고, 배탈 나면 솔방울에, 화병 나면 송홧가루. 제 몸통 베어내고 뿌리만 남아있어도 백봉령 적봉령 용한 약재 빚어내고 오줌발 시원찮은 약질 돕는 나무. 과묵하고 기교 없는 도래솔 송뢰 소리, 관솔불 그을음은 송연묵松烟墨으로, 금강송은 대궐 짓고, 곰솔은 바람 막고, 곧게 자라 절개를 섬기고, 우불구불 굽게 자라 무위자연 일깨운다. 달 오르면 솔잎 사이 금가루 체질하고, 천 년 세월 땅 속 깊이 녹아내린 쓴 송진이 호박을 게워낸다. 송화다식, 송편은 복락이고 동짓날 밤 송하주松下酒에 솔잎차는 호강인데, 무주공산 그리 살다 마지막 가는 길에 네 몸 쩍쩍 갈라 만든 황장목黃腸木 칠성판에 누워 가네, 누워 가네. 부연 안개 송홧가루 온 숲을 잠기게 하고, 태어나 막 줄 길 가는 날 네 신세가 그지없다.

만지송萬枝松 덜 아문 생채기나 어루만지게, 어루만져!

'곱게 늙은 절집' 기행 시편 12

해거름 공양 연기

– 청량산 청량사

봉화 땅 밭뙈기가 그 얼마나 조막만 하면
삿갓 벗어 가려 놓고 찾지 못해 애태웠을까.
청량산 열두 봉우리 걸린 구름 산문이 된다.

단원檀園의 피리 소리 금탑봉을 감싸 도는지
이따금 젖은 안개가 눈물 흘리기도 하고
바람은 꽃잎처럼이나 부르르 몸을 떤다.

절이 산이고 산이 절이고 부처가 따로 없는,
요사채 등을 두른 연화봉 기슭 올라선다.
해거름 공양 연기가 산문 닫을 낌새를 챘나?

'곱게 늙은 절집' 기행 시편 13

못난이 천불 천탑

– 영귀산 운주사

못나도 지지리 못난 눈끔적이, 짝귀서껀
어디론가 입은 숨고 일그러진 머슴불이
어느 날 어느 세월에 천불 천탑 이뤘는가.

개울 그 물소리도 초롱초롱한 음색이다.

울도 담도 없는 쪼가리 밭뙈기 사이 비알마다 돌부처요 돌탑이다. 콧잔등 떨어져나간 외짝 팔 외짝다리, 번뇌와 깨달음이 별 다르지 않고 혜욤*이 번뇌란다. 몸뚱이 없어 편하지? 울퉁불퉁 찌그렁이 앉은뱅이 석불들아. 영귀산 콧바람 한 번 쐬고, 대숲에도 솔밭에도 숨어 있는 돌부처 돌탑이다. 끼리끼리 어설픈 것도 어설퍼서 거지탑 호떡탑에, 실패탑 항아리탑이 간밤에 내린 비로 키가 훌쩍 자라 있네!

와불님, 어여 어여 일어나 미륵세상 열고 오소.

---

* 생각의 우리 탯말.

'곱게 늙은 절집' 기행 시편 14

도편수 손때 묻은

– 능가산 내소사

전어 굽는 냄새 맡고 집 나간 며느리도 돌아온다. 돈 벌러 가세, 돈 벌러 가세. 칠산 바다 돈 벌러 가세. 어부네 배치기 노래 곰소 소금밭이 일어선다.

내소사 전나무는 바람 소리, 풍경 소리,
목탁 소리 먹고 살아 저리도 의젓한가.
웬만큼 세월밥 먹고도 으스대지 않는다.

천왕문 들어서자 당산나무 헛기침 소리
차지기는 인절미 같고, 수수하기는 개떡 같은
한 천 년 꿋꿋한 절집 거기 그렇게 앉아있다.

봉래루 건듯 지나 안마당 당도할 쯤
맨발로 마중한다, 허리 굽힌 소낭구가
무심한 눈길만 주는 3층 석탑 무량하다.

빗물 따라, 바람 따라 사라져버린 소지단청
외할머니 속살처럼 주름 주름만 남았는데

드러난 나뭇결 속에 도편수의 손때하며….

해풍이 분다, 해질 무렵 덩달아 풍경이 운다.
범종 소리, 염불 소리 명치 끝 파고든다.
가인봉 산 그림자도 하르르 떨고 있다.

'곱게 늙은 절집' 기행 시편 15

매창의 눈물 꽃길

– 능가산 개암사

빈 바람 길 쓸고 간 배꽃 흩는 절 마당에
봄날보다 짧고 짧은, 가슴 저미는 야사野史 여직 남아
매창梅窓이 마지막 남긴 시詩가 홀로 굴러다닌다.

몸 늙은 단풍나무 아기 손 잎을 달고

석축 계단 올라서면 문득 바위가 열린다. 그 어름에 꽃이 활짝 벙근다, 개암사다. 절보다 먼저 반기는 울금바위 어깨 너머 반야용선般若龍船–극락 가는 배 위에 툭 툭 건드려 보고도 싶게 익살맞은 도채비라니! 댓잎에 깃 비비고 울던 새는 이제 어디 가고 울금바위 오르는 길이 이리도 심심한가. 매창의 눈물 꽃길, 한 사내 속 끓이는 에움길 눈물 꽃길, 눈발처럼 봄비처럼 배꽃 저리 흩날리고 비단 옷소매 휘날리는 하얀 팔의 가인佳人인가. 부여잡아도, 부여잡아도 떠나간 촌은村隱*은 끝내 기별 아니 오고… 회문산 도망쳐 나온

* 유희경(劉希慶, 1545~1636)의 호. 천민 출신인데도 시재詩才가 뛰어났고 상례喪禮에 밝아 나랏일을 보던 유희경은 부안 현감의 배려로 그곳 명기名妓 매창을 만났으나 임진왜란으로 인해 짧은 만남과 긴 이별의 아픔을 간직한다.

파르티잔 굶주려 거꾸러지면서 걷고, 얼고 언 손 호호 불며 다리품 팔고 팔고, 선불 맞은 짐승처럼 죽으면서 걷고 걸었을 통절한 아픔이 차곡차곡 길이 된 꽃길 이냥저냥 지워지고… 호젓한 그 절집엔 스님 달랑 혼자 앉아

적요도 숨죽인 적요를 다문다문 줍고 있다.

'곱게 늙은 절집' 기행 시편 16

극락전 맴도는 가릉빈가

– 팔공산 은해사 백흥암

흐르는 개울 물소리 발 박자 맞춰 걷고
발그스름 젖살이 남은 어린 비구니 스님
소란이 싫다, 싫다 되뇌고 사람 먼지 뒤집어쓰네.

늙기도 잘 늙은 절집, 주름 속에 세월을 묻고
보화루 누하 대문 막고 있는 건 빛인가, 어둠인가. 수미산須彌山이 겨자씨 속에 숨어 앉듯 삼만 이천 사자자리, 구백만 보살이며 삼만 이천 중생들을 넉넉히 들이고도 비좁지 않은 시홀방장十笏方丈, 어느 날 유마거사는 시홀방장 작은 방에 사부대중 불러 모아 한 끼 밥 나누어 실컷 먹이고도 남았다고? 눈에 뵈지 않는 조그만 티끌에 수미 세상 들어있다고? 휘파람새도 아닌 것이, 날짐승도 아닌 것이, 사람 형용 날개 달고 극락전 수미단 왼쪽 비스듬히 누워 있는 가릉빈가迦陵頻伽, 젖살이 발그스름 남은 어린 비구니 스님 같은 극락조 가릉빈가. 천상 소리 울리는가, 시방세계 일깨우는 카랑카랑 부처님 범음梵音 소리 울리는가, 가릉빈가여!
오늘 또 비천飛天의 시간, 극락전을 맴돌면서.

'곱게 늙은 절집' 기행 시편 17

게으른 걸음 이 숲길을

– 선운산 선운사 도솔암

동백꽃 핑계를 삼고 낮술 한 잔 거나허게
쉰 목청 육자배기 흘기눈 뜬 이 아무도 없네.
발길에 차이는 물소리가 아래 춤을 풀어놓네.

착한 바람 앞세우고, 게으른 걸음 이 숲길을
스님도 중생도 걷는 게으른 걸음 이 숲길을
도솔천兜率川 따라 난 오솔길, 오솔길이 도솔천兜率天이네.

가을 문턱 넘어 서면 꽃무릇 붉은 꽃절이다.
꽃대 하나 삐죽 내민 선홍색 그 이별꽃과
아이들 조잘거림이 어느새 들풀로 돋아있네.

숲 그림자 깊으나 깊어 도처에 숨은 쉼표다.
추사秋史는 어딜 가고, 반딧불로 수미산 태운 추사는 어딜 가고,
도솔암 마애불 아래선 무지렁이도 선사禪師인 것을.

---

* '곱게 늙은 절집' 기행 시편 1~17은 심인보『곱게 늙은 절집』을 참고했다.

해설

오래도록 치열하게 다져온 그만의 정형 미학

— 윤금초 시력 50년에 부쳐

유성호(문학평론가, 한양대 국문과 교수)

1. 극점의 스케일과 밀도의 성취

윤금초尹今初 시인의 신작시집 『큰기러기 필법筆法』(동학사, 2017)은, 시력詩歷 50년을 훌쩍 넘어선 우리 시조시단의 한 거장巨匠이 들려주는 극점의 스케일과 밀도의 성취라고 할 수 있다. 가령 시인은 광활하고도 역동적인 우리 역사에 대한 탐색 의지와 호남 방언을 기저基底로 한 골계 미학의 진수를 동시에 담아냄으로써, 정태적이고 규범적인 개인 서정의 범주를 넘어서는 남다른 역동성을 이번 시집에서 보여준다. 특별히 윤금초 시인이 우리에게 들려주는 전언傳言은 시인 스스로 이어온 '시적 경험'에 대한 자기 고백에서 발원하고 있는데, 시인은 그 스스럼없는 고백을 통해 자신이 살아온 삶을 성찰하고 나아가 우리가 일상 속에서 망각하고 살아가는 가치에 대한 새삼스런 발견의 감각을 보여준다. 사실 모든 예술 특히 서정시의 존재 양식이 인간 내면에 망각되어 있던 것들을 새롭게 환기하는 힘과 연결된다는 점에서, 윤금초 시인이 노래하는 권역은 그 전형적 사례에 해당한다고 말할 수 있을 것이다. 이제 그 단아하고도 역동적인 윤금초만의 시조 세계 안으로 천천히 들어가 보자.

2. 강렬한 시인으로서의 자의식

이번 시집에서 윤금초 시인은 자신이 '시인詩人'으로 살아온 실존과 이력에 대하여 깊이 성찰하는 품과 격을 보여준다. 여기서 바로 윤금초만의 '시인'으로서의 존재론이 아름답게 펼쳐지게 된다. 그리고 그는 이러한 존재론을 떠받쳐온 것이 언어에 대한 깊은 사유와 감각, 그리고 뭇 사물들을 향한 가없는 사랑의 마음이었음을 지속적으로 노래해간다. 다음 시편을 먼저 읽어보자.

목 놓아 울음 우는 무저갱 곡비哭婢인가.

공명실 다 죄어서, 허허바다 다 죄어서

새도록 불완전 소절로 목 놓아 울음 우는.

맵고 짠 눈물도 없이 단전 밑이 젖어 오고

도장밥 붉은 놀이, 천지 사방 붉은 놀이

산역의 초가을 날도 목 놓아 울음 우는.

십이지장 죄 녹이는 그 무슨 환장할 일로

목 놓아 울음 우는 곡비 같은 천형을 안고

쓰르람, 적멸 천리에 내가 나를 탄주한다.

–「쓰르라미의 시 2」 전문

'시인'으로서의 짙은 자의식을 보여주는 이 시편은, "목 놓아 울음 우는 무저갱 곡비哭婢"를 시인의 초상으로 은유하고 있다. '무저갱無底坑'이란 악마가 벌을 받아 한 번 떨어지게 되면 영원히 나오지 못한다는 구렁텅이를 말하는데, 여기서 '무저갱 곡비'란 그 밑 모를 구렁텅이에서 울음 우는 존재를 말한다. 왜 시인은 '쓰르라미'에게 그렇게 처절하고도 아득한 이미지를 부여하고 있는가? '허허바다'와도 같은 공명실共鳴室을 다 죄어 쓰르라미는 울음을 우는데, 이러한 쓰르라미의 울음이 '불완전 소절' 즉 못갖춘마디로 들리기 때문이다. 그렇게 미완의 노래를 불러가는 쓰르라미는 고스란히 미완의 시를 써가는 '시인詩人'의 등가물이 된다. 그리고 시인은 '곡비'의 이미지를 이어가는데, 말하자면 쓰르라미는 눈물도 없이 천지 사방에 도장밥처럼 붉은 놀이 드는 "산역의 초가을 날"에 목 놓아 우는 존재로 화한다. '산역'의 울음이야말로 장례 때 대신 울어주던 '곡비'의 가장 보편적인 역할이었을 터인데, 시인은 그 십이지장 녹이는 "곡비 같은 천형을 안고" 적멸 천리에 우는 쓰르라미의 형상 속에서 "내가 나를 탄주"하는 환각을 경험하는 것이다. 그러니 자연스럽게 '곡비=쓰르라미=시인'의 등식이 완성되는 것이다.

이처럼 윤금초 시인은 '불완전 소절'로 끝없는 울음을 우는 존재로서의 시인의 초상을 노래한다. 누군가를 위해 대신 울어주는 것이 뭇 존재자들을 위해 울음소리를 내는 '시인'의 존재를 꼭 닮았던 것이다. 그것은 마치 "속사람/뼈울음"(「비의 만돌린」) 우는 시인의 직능이기도 하고, "폭 넓은 음역音域"을 통한 "칼끝 벼린 청량 창법"(「복면가왕覆面歌王 1」)의 다른 이름이기도 할 것이다. 이러한 '시' 혹은 '시인'에 대한 강렬한 자의식은 다음과 같은 절편絶篇을 낳기도 한다.

발묵 스릇 번져나는 해질 무렵 평사낙안

시계 밖을 가로지른 큰기러기 어린진이

빈 강에 제 몸피만큼 갈필 긋고 날아간다.

허공은 아무래도 쥐수염 붓 관념산수다.

색 바랜 햇무리는 선염법을 기다리고

어머나! 뉘 오목가슴 마냥 젖네, 농담으로.

곡필 아닌 직필로나 허허벌판 헤매 돌다

홀연 머문 자리에도 깃털 뽑아 먹물 적시고

서늘한 붓끝 세운다, 죽지 펼친 저 골법骨法.

-「큰기러기 필법筆法」 전문

시인의 설명에 의하면 '큰기러기'는 날아갈 때 사람 인人자 모양의 어린진을 친다고 한다. 그리고 '큰기러기'는 잠시 머물다 간 자리에도 깃털을 뽑아 떨어뜨려 두는 습성이 있는데, 마치 '유묵遺墨'처럼 제 다녀간 흔적을 남겨 둔다는 것이다. 그러니 '큰기러기'가 '시인'의 다른 이름임에랴. 그만큼 '큰기러기'의 외관과 속성은 꼭 '시인'의 존재를 닮았고, 특별히

이 시편에서는 그것이 윤금초 시인 자신의 표상으로 나타난다고 할 수 있다. 시인은 발묵潑墨이 번져가는 해질녘을 배경으로 한 평사낙안의 모습과, 어린진을 이루며 날아가는 큰기러기의 모습을 새삼 바라본다. '어린진'이란 물고기 비늘이 벌어진 모양으로 치는 진陣을 말하는데, 큰기러기가 사람 인자 모양으로 펴져 날아가는 모습을 묘사한 것이다. 그렇게 새들은 비어 있는 강에 제 몸피만큼 '갈필'을 긋고 날아간다. 여기서 우리는 '발묵/평사낙안/갈필'이 모두 '시' 혹은 '시법詩法'에 대한 은유로 쓰였다고 말할 수 있다. 가령 '발묵'은 먹을 뿌리듯이 쓰는 것으로서 전통적 윤곽선을 무시한 전위적 수법을 말한다. 그리고 '평사낙안'은 모래펄에 날아와 앉는 기러기라는 뜻으로서, 글씨나 문장이 매끈함을 비유적으로 이르는 말이다. '갈필渴筆'은 수묵화에서 물기가 거의 없는 붓에 먹을 조금 묻혀 사용하는 방법을 말한다. 이러한 '발묵/평사낙안/갈필'의 미학적 연쇄가 색 바랜 햇무리를 선염법으로 투시하면서 농담濃淡을 잘 조절한 윤금초 시인 특유의 필법으로 진화하여 누군가의 오목가슴을 젖게 한 것이다. 여기서 '선염법渲染法'은 화면에 물을 칠하고 마르기 전에 먹물이나 색을 섞음으로써 물감의 번짐 효과를 이용하는 기법이므로, 이 시편의 배경인 해질녘 분위기를 잘 반영하고 있다 할 것이다. 이 모든 것이 "곡필 아닌 직필"로 가능했던 것이고, 자신이 머문 자리에 깃털을 뽑아 거기에 먹물 적시고 고독하게 홀로 서늘한 붓끝을 세우면서 "죽지 펼친 저 골법骨法"을 성취해낸 시인의 모습을 가능하게 했던 것이다. 이렇게 시인의 은유적 분신으로서의 '큰기러기'는 '발묵/평사낙안/갈필/선염법/직필'의 과정에서 새로운 위상을 부여받는다. 그리고 윤금초 시조 역시 이러한 필법의 과정에서 이루어지는 것이라는 고백과 다짐이 그 안에 결속되어 있다 할 것이다. 결국 이는 시조로 씌어진 '윤금초론論'이자, 시인 스스로 '시인'이란 무엇인가를 되묻는 성찰과 다짐의 시편이기도 할 것이다.

이처럼 윤금초 시인은 '쓰르라미 울음', '큰기러기 필법' 등의 개성적 이미지를 통해 '시' 혹은 '시인'에 대한 존재론적 은유를 집중적으로 표상하고 있다. '시인'은 이때 '쓰르라미'나 '큰기러기'와 우의적寓意的 등가를 형성하게 된다. 이러한 방법을 통해 그는 '시'가 무엇인지를 그리고 '시인'이 어떤 존재인지를 때로는 천형의 고독한 울음으로, 때로는 다양하고도 화려한 필법으로 점묘해낸 것이다. 그렇게 윤금초 시인은 '시' 혹은 '시인' 자체에 대하여 깊이 사유하는 이른바 '메타시편'의 정수를 첨예하게 드러냄으로써 강렬한 시인으로서의 자의식을 보여준 것이다.

3. 지극한 사랑의 시학

다음으로 우리가 이번 시집에서 눈여겨볼 윤금초 시편의 음역音域은, 그 특유의 사랑의 마음에 있다. 윤금초 시학의 가장 근원적이고 강렬한 에너지는 세상을 향한 긍정적 기억과 대상을 향한 가없는 사랑의 마음에 있다. 이때 윤금초가 노래하는 '사랑'이란, 충족되지 못하는 고독의 상태라기보다는, 그러한 쓸쓸함과 그리움을 동력 삼아 대상을 향해 끝없이 나아가는 불가피한 존재 형식이라고 할 수 있을 것이다. 결국 윤금초 시인에게 '사랑'이란, 적막한 고독과 결핍 속에서 잉태되어, 긍정적 기억 속에서 완성되는 모습을 가지게 되는 어떤 것일 터이다. 다음 작품을 한 번 읽어보자.

어슬녘 그대 손에 스릇 손을 얹습니다.

화르르 들불처럼 놀빛 저리 타오를 즈음

골 깊은 요새要塞 허물고, 물미는 사랑의 관문關門.

깍지 낀 그 끝마디쯤 입김 불어 쓰다듬다

앵돌아지고 앵돌아진 배리背離의 손톱자국

새끼손 에굽은 지문, 아린 상처 못 지웁니다.

-「아픈 새끼손가락의 은유」 전문

시인은 새끼손가락의 통증을 빌려, 그 아린 상처를 지우지 못하는 사랑의 마음을 고백하는 시편을 썼다. 어슬녘에 이르러 자신의 손을 '그대'의 손에 얹으면서 시인은 "화르르 들불처럼" 타오르는 놀빛처럼 "골 깊은 요새要塞 허물고, 물 미는 사랑의 관문關門"을 바라본다. 여기서 '요새/관문' 같은 용어들은 모두 사랑의 대상에 이르기까지의 과정적 난경難境을 은유하는 것이다. 말할 것도 없이, 이는 "나아갈 길 바이없고 물러설 길 아득한"(「쉬, 장대높이뛰기」) 곳이기도 할 것이다. 나아가 시인은 깍지 낀 끝마디를 입김으로 쓰다듬다가 "배리背離의 손톱자국" 혹은 "새끼손 에굽은 지문"에 서린 상처를 지우지 못하는 지극한 마음을 소중하게 각인한다. 이 모든 것이 "우리네 깍지 낀 이생"(「톱니바퀴」)의 사랑이 비록 불완전하지만 여전히 항구적으로 불가피하게 시인의 삶의 양식糧食/樣式이 됨을 알려주는 것이 아닌가 한다. 그런가 하면 다음 작품은 시인의 사랑이 동시대의 타자들로 번져간 경우이다.

찬 바닷물 켜고 있다, 모래 둔치 코를 묻고.
세 살배기 쿠르디가 자는 듯 엎어져 있다.
지중해 급물살 헤치다 배가 그만 허방 짚은 날.

연붉은 티셔츠에 새벽안개 피어난다.
곰 인형 그러안던, 퀭한 눈빛 그늘 쓰고
보드럼 휴양지 해변에 떠밀려온 난민으로.

사람 손 닮은 파도, 숨진 꼬마 들어올리고,

날개 돋은 쿠르디를 무동 태운 물고기들

거듭난 아기 사자使者가 죽은 바다 굽어본다.

-「쿠르디야, 쿠르디야」 전문

시인의 설명에 의하면 '쿠르디'는 시리아 난민 어린아이다. 2015년 9월 2일 새벽 6시 터키 남서부 보드럼 해변에서 숨진 채 발견되었는데, 이슬람 테러단체 IS의 위협을 피해 터키로 탈출한 뒤 지중해를 건너 그리스 코스 섬으로 가려다 배가 뒤집혀 죽은 것이다. 우리 시대의 폭력성과 어린아이의 죽음이 선연한 대조를 이루면서, 시인의 마음은 사랑과 연민의 언어를 우리에게 내보이고 있다. "세 살배기 쿠르디"는 마치 자는 것처럼 해안 모래 둔치에 코를 묻고 엎어져 찬 바닷물을 켜고 있다. 이렇게 연붉은 티셔츠를 입은 어린아이가 어떻게 "보드럼 휴양지 해변에 떠밀려온 난민"일 수 있는가? 어느새 사람 손을 닮은 파도가 어린아이를 들어올리고, 물고기들이 어린아이를 무동 태운 것 같은 환각 속에서 시인은 "거듭난 아기 사자使者"처럼 쿠르디가 세상의 무정함과 폭력성을 비판하는 희생자로 각인되는 순간을 경험한다. 마치 "땅도 설고 물도 선 곳 현해탄玄海灘 굽이 건너"(「가족 - 소녀상 브론즈」) 사라져간 우리 역사의 희생자들처럼, 혹은 "민통선 하늘/갈필渴筆 그리 휘두를 날"(「임진강 미리내」)을 기다리는 우리 역사의 희원처럼, 이 어린아이의 죽음은 우리로 하여금 "부르르/우는살 소리,/무명 천리 어둠"(「명적鳴鏑 2」) 치는 둔중한 역사의 소리를 듣게끔 하고 있다.

이 모든 것이 사적 기억과 공적 기억을 매개하고 통합하려는 윤금초 시인의 의지가 반영된 결과일 것이다. 이러한 상상은, 부재하는 것들을 복원하려는 시인의 간절한 소망이 열정을 동반하는 순간에 생성되는 어떤 것일 터이다. 이처럼 자신의 기억을 깊이 내면화하고 있는 윤금초 시인은, 시선을 한껏 돌려 동시대 타자들의 삶과 고통에 강렬한 연대감과 연민을 표현하기도 한다. 이는 윤금초 시편이 보여주는 사랑의 편폭이 만만찮은 수평축에 의해 확장되고 있음을 알리는 구체적 실례일 것이다. 이렇게 한 시대의 경험적 구체성을 선명하게 복원하면서 그것이 우리 역사와 일상을 구성하는 매우 중요한 흔적임을 증언하는 윤금초 시인은, '시조'가 단순한 자기표현에 머무르지 않고 동시대 타자들의 삶에 가 닿을 수 있는 유력한 양식임을 보여주는 것이다. 이 모든 것이 시인의 지극한 '사랑의 시학'이 아닐 수 없다.

4. 자연 사물을 통한 시적 감각과 사유의 깊이

두루 알려져 있듯이, 우리 문학사에서 시조가 차지하는 위상은 늘 주변부에 해당하는 것이었다. 또한 시조는 율독律讀을 통해서만 그 미학적 정형성을 느낄 수 있었으며, 작품에 대한 평가는 시조의 양식적 요소보다는 시 일반론적 요소에 의존하게 됨으로써 정형 양식으로서의 독자성을 상당

부분 상실하기도 하였다. 그래서 시조는 율격적 측면에서 정형시에 속함으로써 정해진 형식적 제약을 감내해야 하고, 한편으로는 서정 갈래에 속한다는 점에서 근대 자유시와 다를 바 없는 발상과 이미지로써 자신만의 고유한 특장을 잃게 되었다. 그런데 이러한 이중 조건이 시조로 하여금 한 시대의 주류로서의 시효를 마감하게 한 요인으로 작용하였지만, 시조 양식의 위의威儀와 가능성은 오히려 우리 시대에 점증하고 있다고 할 수 있다. 왜냐하면 우리 시대는 근대에 대한 근원적인 반성을 토대로 하여 우리가 잃어버린 원형에 대해 탐색하는 이른바 탈脫근대 혹은 반反근대의 열정이 두드러지고 있기 때문이다. 우리가 정형 미학의 가능성을 오늘에 되살리려는 노력을 해야 하는 까닭도 여기에 있을 것이다. 특별히 윤금초 시조는 이러한 시사적 요청에 대하여 가장 선두에 선 구체적이고 적절한 응답이었다고 할 수 있다. 그는 반세기 동안 시조를 통한 서정의 정점을 보여줌으로써, 시적 감각과 사유의 깊이를 더해왔다고 할 수 있기 때문이다. 이번 시집에서도 이러한 실례들이 도처에서 많이 발견된다.

물색없는 드팀전을 지난 한철 서성이다

한 질

잘

마름질한

가을 경전

읽고 있나?

마지막 낙장落張을 훑는

육탈의

숨 가쁜

고비.

-「가을 담화談話 2」 전문

'가을'은 원래 풍요와 소멸의 속성을 동시에 거느리고 있다. 가령 가을걷이의 수확과 쓸쓸한 조락凋落의 이미지가 겹쳐 있는 가을은, 그 점에서 인생의 굴곡을 고스란히 비유하는 둘도 없는 계절이다. 시인은 한 장의 나뭇잎을 두고, 지난 한철에는 "물색없는 드팀전"을 서성이다가 이제는 "한 질//잘//마름질한//가을 경전"이 된 존재라고 은유한다. 서성임과 마름질 사이에 있었을 오랜 시간을 유추하면서, 시인은 "마지막 낙장落張을 흩는//육탈의//숨 가쁜//고비"를 읽고 있다. 그야말로 "빈 채로 가득 차 있고 채운 채로 비어 있는"(「해인사 동편제」) 시간을 감각화한 수일秀逸한 표현이 아닐 수 없겠다. 이처럼 윤금초 시인은 자연 사물에서 감각의 상관물들을 부지런히 찾아 "솜씨 매서운 장인匠人"(「숲길 천 년」)처럼 "떨어져 반짝이는 꽃, 종소리 맑은 울음"(「겨울 개울물」)을 찾아내고 표현한다. 모두가 "옥판선지 속 빛 같은 문기文氣" 혹은 "만 리 밖 적막을 흩는 안항雁行의 그림자들"(「낮달 또는 수월관음도」)이 속속들이 퍼져가는 미학적 구도構圖라고 할 수 있을 것이다.

여기서 우리는 윤금초 시인이 자연 사물 혹은 현상을 주된 시적 대상으로, 자신의 감각과 사유를 의탁하는 상관물로 일관되게 상정하고 있다는 점을 알게 된다. 그는 '자연自然'이 함의하고 있는 가치들 이를테면 생명, 시원始原의 가치를 적극적으로 옹호하면서, 자신의 심미적 체험을 담은 시적 표상물로서의 자연을 부조해가기 때문이다. 말하자면 그의 시편은 자연을 통해 삶을 치유하려는 상상력에서 발원하고, 그러한 과정에서 더 깊고 넓은 우주론적 진실을 굴착해간다. 그의 시편에 나타나는 자연이 일정 부분 알레고리의 의미를 띤다고 해도, 그것은 범속한 상상력의 차원으로 떨어지거나 평균적 생태 시편의 외양을 취하지 않는다는 점에서 일관된 특징을 보이고 있다. 다시 말하면 그는 서정적 직관을 통해 심미적 자연을 재현하되, 거기서 매우 보편적인 인생론적 가치를 읽고 있는 것이다. 그만큼 자연 사물을 시적 상관물로 한 인생론적 발화發話의 경향이 윤금초 시학의 뼈대가 되어온 것이고, 이러한 시적 속성들은 최근에도 지속적으로 나타나고 있다 할 것이다.

아닌 밤중 대밭에서 귀청 때리는 총소리다.

폭설을 인 청교도가 거푸 펑 펑 순절하고

새도록 사각대는 댓잎, 달빛 산책 머흘다.

우지끈
솔가지 꺾는
한밤 내내 죽비 소리

포갬 쌓인
눈꽃 무게
티끌세상 무게였나?

생나무
눈 부릅뜨고

어둑 세상 채질한다.

-「달빛 산책」 전문

이번에는 '달빛'이라는 심미적 대상을 시 안쪽으로 불러왔다. 시의 제목인 '달빛 산책'은, 달빛이 거니는 것 같기도 하고, 달빛 속을 누군가 걷는 것 같기도 한 뜻을 함유하고 있다. 아닌 밤중에 "대밭에서 귀청 때리는 총소리"가 나고, 폭설을 이고 있던 청교도가 순절하는 이미지는, 폭설로 부러져가는 푸른 대나무들의 외관을 매우 개성적으로 그려낸다. 그때 "새도록 사각대는 댓잎"으로 '달빛 산책'은 한결 험하고 한결 부드럽게 머무른다. 이어서 일어나는 "우지끈/솔가지 꺾는/한밤 내내 죽비 소리"나 "생나무/눈 부릅뜨고/어둑 세상 채질"하는 장면 역시 '달빛'이 비추고 있는 대밭을 새삼 환하게 보여준다. 모든 것이 자연 사물과 시인의 관념이 결속하는 순간을 잘 보여준다. 책머리에서 윤금초 시인은 "달빛 서정…. 형광등 불빛 아래 글쓰기 공작을 하고 있지만 결코 달빛 서정을 잊어서는 안 된다고 생각한다. 물이 배를 띄우지만, 때로는 물이 배를 뒤집기도 한다는 사실을 잊어서도 안 된다고 생각한다."(「시인의 말」)라고 말했는데, 이 작품은 이러한 발언에 맞춤한 실례일 것이다.

결국 윤금초 시인은 자연 사물을 통해 시적 감각과 사유의 깊이를 담아내는 데 주력한다. 목숨 있는 것들의 비극성을 투시하면서 그 역상逆像으로서의 생명성을 줄곧 탈환하기도 한다. 그렇게 비관과 긍정이라는 양면성을 통해 자신의 인생론적 관념을 제시하면서, 시인은 시조 안에 대안적 사유와 감각을 가득 풀어넣고 있다. 무엇보다 그는 시인이야말로 예술가적 직능과 예언자적 역할을 동시에 하는 존재임을 설파해 가는데, 그렇게 윤금초 시인은 '시인'의 존재론적 은유와 '시조'의 양식론적 자각을 거듭 지속적으로 형상화한다. 그리고 그것을 자연 사물과의 적극적 교응交應을 통해 성취해낸다. 그 안에는 "듣는 귀 저마다 다른"(「지지배배, 지지배배」) 사물들이 제자리에 들어서 있는 것이다.

5. 곱게 늙어가는 시간의 은유로서의 절집

다음으로 우리가 읽게 되는 윤금초 시학의 한 정점은, '곱게 늙은 절집'이라는 제목을 달고 있는 기행 시편 연작 열일곱 편이다. 여기서 '곱게 늙은 절집'이란 무엇일까? 일차적으로 그것은 시인이 참고했다고 밝힌 대로 심인보의 『곱게 늙은 절집』이라는 책의 제목일 것이다. 하지만 그것은 또한 그것을 뛰어넘어 세 가지 의미의 층을 거느린 개성적 은유라고 할 수 있다. 하나는 '곱게'이고, 다른 하나는 '늙은'이며, 마지막은 '절집'이다. 아닌 게 아니라 이 연작에는 곱게 "묵언수행 중"(「꽃받침 결터앉아 - 팔공산 은해사 운부암」)인 오랜 시간이 있고, "늙을수록 품品이 나는"(「애고, 애고, 도솔천아 - 봉수산 봉곡사」) 낡아가는 풍경이 있고, "천 길 벼랑, 벼랑 끝에 매달린"(「돌구멍 절집 - 팔공산 은해사 중암암」) 실제의 절집이 있다. 이처럼 '곱게 늙은 절집'은 "천 년을 곰삭아서, 천 년토록 곰삭아서, 끝도 시작도 없는 풍경이 운무처럼 흘러 들어온"(「천 년을 곰삭아서 – 천등산 봉정사」) 시간을 안은 채, 한 세월을 이고 앉은 고즈넉한 풍경이자, 시인 자신이 구경적究竟的으로 가 닿고 싶어 하는 지경地境이 아닐 수 없을 것이다.

새벽안개 쓸어내는 스님 그 싸리비 소리

산수유 노란 물색 시름시름 시름거릴 무렵 빨갛게 달아올라 원통전 안마당을 몸살 나게 불태우는 우바새 홍매거사. 부는 바람 꽃잎 날리는 심심한 그런 날엔 이우는 꽃잎만 입술에 달라붙고 옆집 각황전도 덩달아 붉게 달아오르고, 곧은가 하면 휘어 있고 휘었나 하면 곧게 내린 처마선. 치맛자락 같은, 산자락 같은, 화엄사 천불보전 용마루며 처마선 바라다보면 구층암 길 쓸고 있는 대나무 그림자 발에 묻히고 나서 있는 듯 없는 듯 나타난다. 피아골 파르티잔이 하나씩 훔쳐 품속에 품고 갔던 천불천탑도 어느새 슬픔의 재를 묻고,

산 것도 죽은 것도 아닌, 물소리 대숲 흔들고….

–「슬픔을 묻고 가는 – 지리산 화엄사 구층암」 전문

이 은은한 사설시조는 새벽안개를 쓸어내는 스님의 싸리

비 소리에서 시작된다. 물론 스님이 쓸어내는 것이 안개는 아닐 것이다. 그러나 그저 "산 것도 죽은 것도 아닌" 물소리만 대숲 흔들고 지나가는 산사에서 인사人事와는 가장 거리가 먼 새벽안개를 쓸고 있는 것은 그 자체로 우리로 하여금 '늙어가는 시간'과 고스란히 만나게 해주는 장치가 되고도 남음이 있다. 시인은 그 고요하기 이를 데 없는 새벽 풍경 사이로 "산수유 노란 물색"과 "빨갛게 달아올라 원통전 안마당을 몸살 나게 불태우는 우바새 홍매거사"를 발견한다. "부는 바람 꽃잎 날리는 심심한 그런 날"이야말로 절집 시간을 가장 잘 표현한 것일 터인데, 이울어가는 꽃잎과 함께 절집을 채우고 있는 이러한 자연 사물들은 그 자체로 늙어가는 시간의 순리를 잘 보여주는 듯하다. 마찬가지로 "옆집 각황전"이나 "곧은가 하면 휘어 있고 휘었나 하면 곧게 내린 처마선"에 이르면 이곳 풍경의 구체가 잘 드러난다. 마지막으로 시인은 "피아골 파르티잔이 하나 둘씩 훔쳐 품속에 품고 갔던 천불천탑도 어느새 슬픔의 재를 묻고" 있는 시간의 풍화를 시 안으로 불러들여, 이곳 지리산의 이미지와 서사를 완성한다. 그야말로 "남은 것은 색이 아닌 묵은 세월 묵은 빛"(「쥐똥만한 현호색이 - 불명산 화암사」)인 셈이다. 다음은 부석사로 가보도록 하자.

소백小白의 끝물 단풍 굽이져 일렁이고
오르다 보면 어느새 무량수전 앞뜰이다.

무량수 겹겹 구름에 이생 시름 접어 둘까?

털고 털어도 털지 못한 세간의 응어리들

돌덩이 같은 허욕일랑 허욕일랑 내려놓고, 바람난간 의지하자 무한강산 발아래 다투어 달리고, 눈을 들어 하늘을 우러르자 넓고 너른 건곤이 가슴 속으로 거두어 들어오니 아등바등 붙잡고 있던 허깨비 세상 손도 없고 중도 없다. 헛헛한 세속 이내 날려 보내는 산의 바다, 산의 바다 삼각파도. 부석사 구르는 돌멩이 풀 바람 주름진 시간도 이제 구품왕생九品往生 머흔 길 접어들고

기대 울 배흘림기둥에 무얼 풀어 걸어둘까?

-「바람난간 기대어 - 봉황산 부석사」 전문

이 작품은 평시조와 사설시조를 한 편씩 나열하여 한 몸으로 묶었다. 앞의 수는 아무래도 시를 전개해가기 위한 전경前景이 되어주고 있다. "소백小白의 끝물 단풍"을 따라 올라가면 닿는 곳이 바로 "무량수전 앞뜰"이다. 거기서 만나는 무량수 겹겹 구름에 시인은 한생의 시름을 접어놓는다. 하지만 털고 털어도 털지 못한 세간의 응어리들은 어찌할까? 시인은 '허욕'과 '허깨비 세상'을 모두 뒤로 하고 '바람난간'을 의지하고자 한다. 눈을 들어 하늘을 우러르고자 한다. 그렇게 헛헛한 세속을 날려 보내는 산의 바다 삼각파도에서 시인은 "구품왕생九品往生 머흔 길"을 접어들면서 배흘림기둥에 무얼 풀어 걸어둘지를 상상해본다. 그렇게 바람난간에 의지

하니 무한강산이 발아래 다투어 달리고 눈을 들어 하늘을 우러르니 넓고 넓은 건곤이 가슴속으로 거두어 들어오니 가람의 승경이 이와 같음이 없다는 부석사의 어느 글귀처럼, 시인의 몸도 마음도 모두 "오래된 질문처럼 마당귀에 앉아"(「돌확」) 있게 되고, 우리의 시선도 "있으면 있는 대로, 없으면 없는 그대로"(「서늘한 날맛이 도는 - 상왕산 개심사」) 있게 되는 것이다. 그만하면 곱게 늙어가는 절집이 아닐 것인가? 다음은 다시 눈을 돌려 내소사로 간다.

전어 굽는 냄새 맡고 집 나간 며느리도 돌아온다. 돈 벌러 가세, 돈 벌러 가세. 칠산 바다 돈 벌러 가세. 어부네 배치기 노래 곰소 소금밭이 일어선다.

내소사 전나무는 바람 소리, 풍경 소리,
목탁 소리 먹고 살아 저리도 의젓한가.
웬만큼 세월 밥 먹고도 으스대지 않는다.

천왕문 들어서자 당산나무 헛기침 소리
차지기는 인절미 같고, 수수하기는 개떡 같은
한 천 년 꼿꼿한 절집 거기 그렇게 앉아있다.

봉래루 건듯 지나 안마당 당도할 쯤
맨발로 마중한다, 허리 굽힌 소낭구가

무심한 눈길만 주는 3층 석탑 무량하다.

빗물 따라, 바람 따라 사라져버린 소지단청
외할머니 속살처럼 주름 주름만 남았는데
드러난 나뭇결 속에 도편수의 손때하며….

해풍이 분다, 해질 무렵 덩달아 풍경이 운다.
범종 소리, 염불 소리 명치 끝 파고든다.
가인봉 산 그림자도 하르르 떨고 있다.

–「도편수 손때 묻은 – 능가산 내소사」 전문

이 작품은 다른 시편과는 달리 여섯 수의 평시조로 된 연시조이다. '어부네 배치기 노래'에 '곰소 소금밭'이 일어서는 근처에 '능가산 내소사'가 있다. 아름다운 전나무들은 내소사 바람 소리, 풍경 소리, 목탁 소리를 모두 안고 살아간다. 이러한 소리에 대한 각별한 의식은 가령 "단청은 담박 고요하고 하늘로 날짐승 날린 운판 소리, 땅으로 길짐승 모는 법고 소리, 물속으로 물짐승 울린 목어 소리, 땅속으로 미물 치는 범종 소리"(「천 년을 곰삭아서 – 천등산 봉정사」) 같은 표현과 적극 상통한다. "한 천 년 꼿꼿한 절집"이 그렇게 앉아있는 곳에서, 시인은 "허리 굽힌 소낭구"와 "무심한 눈길만 주는 3층 석탑"을 무량하게 바라본다. 빗물 따라 바람 따라 사라져버린 소지단청은 주름만 남았는데 그때 시인은

"나뭇결 속에 도편수의 손때"를 발견한다. '도편수'란 집을 지을 때 책임을 지고 일을 지휘하는 우두머리 목수를 말하는데, 시인은 그 오래 전의 도편수의 숨결을 읽고 있는 셈이다. 그야말로 오랜 세월 불어왔을 "바람은 능숙한 목수"(「검은등뻐꾸기 세상 끝을 울리네 – 달마산 미황사」)가 아니었겠는가? "범종 소리, 염불 소리"가 명치끝을 파고드는 저물녘, 시인은 산 그림자 떨고 있는 절집에서 오랜 시간을 읽고 있다. 말할 것도 없이 여기서 '도편수'란 '시인詩人'의 역사적 변용태이자 등가물이다. 그만큼 윤금초 시인은 "도편수의 손때"에서 "원시 그 실록을 물고 흙 속에서 눈을 뜬"(「동이東夷의 아침」) 시간을 발견하고, "뭉툭한 붓끝에 끌린 색채의 그윽한 스밈"(「선조線條의 그물」)을 보면서 자신과 동류同類로서의 예술적 자의식을 한껏 느끼고 있는 것이다. "늙기도 잘 늙은 절집"은 그 자체로 "주름 속에 세월을 묻고"(「극락전 맴도는 가릉빈가 – 팔공산 은해사 백흥암」) 있는 하나의 예술품인 셈이다.

빈 바람 길 쓸고 간 배꽃 흩는 절 마당에
봄날보다 짧고 짧은, 가슴 저미는 야사野史 여직 남아
매창梅窓이 마지막 남긴 시詩가 홀로 굴러다닌다.

몸 늙은 단풍나무 아기 손 잎을 달고

석축 계단 올라서면 문득 바위가 열린다. 그 어름에 꽃이 활짝 벙근다, 개암사다. 절보다 먼저 반기는 울금바위 어깨 너머 반야용선般若龍船-극락 가는 배 위에 툭 툭 건드려 보고도 싶게 익살맞은 도채비라니! 댓잎에 깃 비비고 울던 새는 이제 어디 가고 울금바위 오르는 길이 이리도 심심한가. 매창의 눈물 꽃길, 한 사내 속 끓이는 에움길 눈물 꽃길, 눈발처럼 봄비처럼 배꽃 저리 흩날리고 비단 옷소매 휘날리는 하얀 팔의 가인佳人인가. 부여잡아도, 부여잡아도 떠나간 촌은村隱은 끝내 기별 아니 오고… 회문산 도망쳐 나온 파르티잔 굶주려 거꾸러지면서 걷고, 얼고 언 손 호호 불며 다리품 팔고 팔고, 선불 맞은 짐승처럼 죽으면서 걷고 걸었을 통절한 아픔이 차곡차곡 길이 된 꽃길 이냥저냥 지워지고… 호젓한 그 절집엔 스님 달랑 혼자 앉아

적요도 숨죽인 적요를 다문다문 줍고 있다.

-「매창의 눈물 꽃길 - 능가산 개암사」 전문

이제 '능가산 개암사'로 왔다. 이 작품 역시 단아한 평시조 한 수와 유장한 사설시조 한 수가 병치된 시편이다. "빈 바람 길 쓸고 간 배꽃 흩는 절 마당"에서 시인은 "매창梅窓이 마지막 남긴 시詩"가 흩어져 있음을 바라본다. 매창은 시문과 거문고에 뛰어났던 부안扶安의 기생으로서 개성 황진이黃眞伊와 더불어 조선 명기의 쌍벽을 이루었던 시인이기도 하다. "이화우梨花雨 흩날릴 제 울며 잡고 이별離別한 님"으로

시작되는 매창 시조는 촌은村隱 유희경劉希慶을 생각하며 지은 것이라고 한다. 유희경은 부안 현감의 배려로 매창을 만났으나 임진왜란으로 인해 짧은 만남 긴 이별의 아픔을 간직했다고 한다. 이에 윤금초 시인은 "매창의 눈물 꽃길, 한 사내 속 끓이는 에움길 눈물 꽃길, 눈발처럼 봄비처럼 배꽃 저리 흩날리고 비단 옷소매 휘날리는 하얀 팔의 가인佳人"을 불러본다. "부여잡아도, 부여잡아도 떠나간 촌은村隱은 끝내 기별 아니 오고…"라는 대목에서 이들의 만남과 이별의 긴 시간이 다가온다. 그리고 한편으로는 "회문산 도망쳐 나온 파르티잔 굶주려 거꾸러지면서 걷고, 얼고 언 손 호호 불며 다리품 팔고 팔고, 선불 맞은 짐승처럼 죽으면서 걷고 걸었을 통절한 아픔"도 느껴본다. 개암사 언저리에서 역사 속의 사랑과 이별, 그리고 역사 속의 아픔과 상처를 모두 느껴본 셈이다. 그런데 "호젓한 그 절집엔 스님 달랑 혼자 앉아//적요도 숨죽인 적요를 다문다문 줍고" 있으니 참으로 시간이란 곱게 늙어만 가는 것이 아니겠는가? 이처럼 윤금초 시인이 순행하는 절집들에는 "거꾸로 물이 흐르는, 역모逆謀 아닌 역류逆流의 땅"(「빈 손바닥 산사 – 무릉산 장춘사」)도 있고, "숲 그림자 깊으나 깊어 도처에 숨은 쉼표"(「게으른 걸음 이 숲길을 – 선운산 선운사 도솔암」) 같은 심처深處도 있다.

결국 윤금초의 절집 순례 시편은 자연 사물의 풍경과 우주적 비의秘義의 속성을 동시에 탐색하는 시적 현장이 되고 있다. 우리를 에워싸고 있는 사물들이 사실은 '신성神聖, the sacred'의 자기표현의 현장임을 알고 있는 시인은, 그래서 그곳에 편재遍在하는 생명과 신성에 공감과 긍정을 표하는 상상력을 일관되게 선보이고 있는 것이다. 결국 그가 중시하는 것은, 그곳에서 숨 쉬고 있는 항심恒心의 가치를 통해, 이 물신화되고 폭력적인 세계를 견디는 방법의 탐구이다. 따라서 다양한 자연 사물들은, 그가 추구해온 고고한 '고산식물高山植物'의 경지를 보여주는 시적 상관물들로 존재한다 할 것이다. 비록 "절도 사람도 풍경일 뿐"(「파리야 극락 가자 – 조계산 선암사」)이지만, 시인은 "절이 산이고 산이 절이고 부처가 따로 없는"(「해거름 공양 연기 – 청량산 청량사」) 것을 알아가고 있기 때문이다.

6. 우리 현대시조의 도저한 한 정점

누구나 동의하는 것처럼, 위기의 시대일수록 신화神話가 필요하고 시원에 대한 열망이 제 목소리를 얻어가는 법이다. 따라서 우리는 사물의 풍부함을 있는 그대로 지각하고 표현하기 위해서 조급한 욕망 또는 공리적 요구에 너무 매이지 말아야 한다. 결국 서정시는 잃어버린 시간에 대한 추구이며, 그 동시적인 현재화이고, 그 언어적 대리 구축일 수밖에 없기 때문이다. 이때 우리 현대시조는 현대적 변형 충동보다는, 시조의 근간이 정형성과 고전적 주제에 있다는 사실을 적극 완성해온 역정을 보여주었고, 그 점에서 형식의 과도한 파격을 좀처럼 허락하지 않는 '정격正格'의 정신과 미의식을 지켜왔다고 할 수 있다. 그 가운데서도 윤금초 시인은 무려 50년 동안 생동감 있는 시어와 개성적 시상을 확연하게 결합하면서 일대 진경을 연출해왔다. 그는 우리 시조 시단에서 가장 돌올한 대가급 풍모를 보여줌과 동시에, 늘 새로워지려는 신생의 의지를 지속적으로 보여주었다. 또한 그는 구체적인 토박이말과 방언을 적극적인 미학적 매개로 삼음으로써 우리의 기층언어를 풍부하게 보듬으려고 해왔다. 이러한 메타적 노력을 통해 시조가 언어의 화용론적 측면에서도 우리의 정체성을 가장 가멸차게 담아낼 수 있는 이른바 '민족시의 원형'임을 입증하려 했던 것이다. 윤금초 시학의 호환하기 어려운 성취가 바로 여기에 있을 것이다.

생각해보면 우리가 정형적 기율과 고전적 주제로 시조를 설명하려는 관행은 결코 낯선 것이 아니다. 그것은 시조가 선험적 율격과 전통적 시상의 결속을 충족시키는 쪽으로 줄곧 씌어져왔기 때문일 것이다. 물론 고시조가 현대시조로 진화하면서 다양한 근대적 감각이 시조의 외연 확장에 기여해왔지만, 그럼에도 시조의 바탕이 정형적 기율과 고전적 주제에 있다는 사실이 근본적으로 바뀌지는 않았다. 그 점에서 윤금초 시학은 이러한 시조 고유의 속성을 생동감 있게 유지하는 한편, 그 안에서 억압되었거나 유보되어왔던 현대적 가능성을 극대화하는 쪽으로 미학적 방향타를 돌린 대표적 범례範例라 할 것이다. 그 안에 담긴 절정의 사유와 투명하기 그지없는 감각의 풍경이 시인의 환한 심의心意를 감싼 채 아득하게 펼쳐지고 있는 것이다.

이제 우리는 윤금초 시학의 핵심이 형식에서의 절제(형식의 유지)와 파격(다양한 변형) 사이의 긴장, 내용에서의 과거(역사와 전통)와 현재(현실 유추) 사이의 길항에 있다고 말할 수 있을 것이다. 사실 전통과 창조 사이의 균형 감각이 없다면, 시조 양식의 창조적 확대는 거의 불가능하고 또 무의미할 것이다. 그만큼 정격正格과 파격破格 사이를 오가는 양식적 자의식은 매우 중요하다. 그리고 우리는 또 이와 함께 현실에 대한 유추적 관심이 우리 현대시조가 개척해가야 할 권역이라고 강조할 수 있다. 윤금초 시학은 이러한 현대시조의 오랜 과제 곧 고전적 구심과 실험적 원심 사이의 균형 감각을 특유의 내적 깊이로 보여주었고, 또 동시대의 현실을 탐구하는 모습도 깊이 보여준 사례로 다가온다. 따라서 우리는 그의 이러한 시조 미학에 대한 지속적인 탐구 의지를 두고, 시인의 존재론과 시조의 양식론에 대한 실천적 응답이자, 시조가 현대적 양식으로 거듭날 수 있는 가능성에 대한 정공법적 반응이라고 말할 수 있을 것이다. 오래고도 치열하게 다져온 정형 미학이자, 우리 현대시조의 도저한 한 정점이 아닐 수 없을 것이다.